suhrkamp taschenbuch 3123

»Aber wer auf die Fünfzig zugeht, oder wie in meinem Fall: taumelt, ist ohnehin geistig benommen«, schreibt Bodo Kirchhoff. Doch wenn er einen »glockenartigen Po« sieht, ist es immer noch um ihn geschehen, dann ist er »wieder etwas weniger fünfzig als vorher, eben ein Mann von neunundvierzig, mit einem letzten Faden zu allem, was wirklich jung ist«. Mit den *Katastrophen mit Seeblick* setzt Bodo Kirchhoff die Serie der Bekenntnisse seiner Obsessionen fort. Die Figuren in seinen Geschichten stehen im Bann des Gardasees, seiner unvergleichlichen Schönheit etwa im Abendlicht. Aber die schützt nicht vor Katastrophen, vor Verwirrungen der Sinne, wenn Männer schönen, vor allem jungen Frauen begegnen.

Bodo Kirchhoff, der seit seiner ersten Veröffentlichung erzählend immer wieder an den Gardasee zurückgekehrt ist, hat seine Seegeschichten um Liebe und Tod in allen Variationen zu einem mitreißend ungemütlichen Band zusammengestellt.

Bodo Kirchhoff, 1948 in Hamburg geboren, lebt in Frankfurt/M. Zuletzt erschienen von ihm im Suhrkamp Verlag der Monolog *Der Ansager einer Stripteasenummer gibt nicht auf* (1994) und, zusammen mit Romuald Karmakar, das Drehbuch zu Karmakars Spielfilm *Manila* (2000, st 3160)

Bodo Kirchhoff
Katastrophen mit Seeblick

Geschichten

Suhrkamp

Umschlagfoto: Henrik Kam/tdr

suhrkamp taschenbuch 3123
Erste Auflage 2000
© Suhrkamp Verlag Frankfurt am Main 1998
Suhrkamp Taschenbuch Verlag
Druck: Nomos Verlagsgesellschaft, Baden-Baden
Printed in Germany
Umschlag nach Entwürfen von
Willy Fleckhaus und Rolf Staudt

1 2 3 4 5 6 – 05 04 03 02 01 00

Das Loch

Die folgende Geschichte ist wahr; sie spielte sich erst vor kurzem auf dem Gardasee ab, den Sie vielleicht kennen oder zu kennen glauben. Ich selber kenne diesen See seit langem und halte es für das beste, ihn anfangs nur als groß zu beschreiben. Und tief.

Der See ist also groß und tief; immer wieder die Vorstellung, ihn leer zu sehen, als eine langgestreckte, schwarze Schlucht. Sobald der Wasserspiegel, in der Julihitze, sinkt, die ersten moosigen Felsen freigibt, bin ich in Sorge: daß mein See, wenn es nicht regnet, gewissermaßen seine Kehrseite preisgeben müßte – in Sorge wie um ein geliebtes Gesicht nach zu wenig Schlaf: Wir ahnen den Schädel, der überdauern wird, und schließen die Augen.

Einen See mit einem Gesicht zu vergleichen erscheint mir berechtigt. Nach Monaten in der Stadt (ohne Gesicht) erfüllt mich schon die Strecke zum See. Es ist die Strecke der Vorfreude, auch wenn sie sich hinzieht, und ich verfluche jeden Mitfahrer, der meine Vorfreude nicht teilt, so auch zwei Personen dieser Geschichte: da ist von den stillen Flüchen zum ersten Mal etwas hängengeblieben ... Breche ich morgens vor zehn Uhr auf, bin ich abends am

Ziel; nach neun Stunden Autobahn sind es nur noch Minuten bis zum ersten Blick auf den See – sein immer gleiches Daliegen zwischen Bergen und Anhöhen beglückt mich. Mehr kann man nicht verlangen.

Ich atme auf, weil auch der See, in meinen Augen, atmet. Schon die erste warme Sonne, Anfang März, macht diesen Atem sichtbar. Über der ganzen Wasserfläche bildet sich, geisterhaft, Dunst, eine sich ständig ändernde Landschaft aus Billiarden von Tröpfchen. So erscheint der See oft, nach Süden hin, wie ein Meer, doch immer weiß ich: hinter dem Horizont endet das Wasser. Der See ist von einer geschlossenen Weite, die mich beruhigt (während sich das Meer leicht mit dem Gedanken des Verlorenseins verbindet – ich kann mich dem Meer nicht hingeben, es ist ein zu starkes Bild). Größe und Kraft des Sees sind begrenzt; in Anbetracht seiner Vorzüge verliere ich nie den Verstand. Ich werde höchstens etwas traurig, aber das gehört ja dazu, ich mache mir nichts daraus (ganz anders als die beiden, von mir still verfluchten, traurigen Berühmtheiten, von denen ich erzählen will).

Es gibt Stunden am See, ob im Juni oder September, da fürchte ich die vergehende Zeit wie der alte, auf eine Terrasse geschobene Mann. Allein der Wechsel vom frühen Vormittag zum späteren, von der ersten über den Monte Baldo-Kamm schießenden Sonne, die nichts als guttut, nur Licht und Wärme bringt und die Fische ins Flachwasser lockt, wo sie schemenhaft hin und her flitzen, zu dem Moment, da die Zikaden anheben und ich den Schatten suche, ein Buch in der Hand, kann mich betrüben. Zu solcher Stunde ist der See beängstigend schön; es hilft dann auch nichts, mit ihm vertraut zu sein.

Die wenigsten, die es zum Gardasee zieht, geben sich seinen Kräften hin. Die meisten versuchen sich – ich weiß nicht, warum – mit ihm zu messen. In seinem engen Nordteil messen sie sich mit dem wechselnden Wind zwischen den Bergwänden, im Süden dagegen mit seiner Weite, die es, in schneller Fahrt, zu überwinden gilt; der sich immer mehr öffnende und im Dunst scheinbar endlose, bei glattem Wasser schon beinahe phlegmatische Südteil ist für viele schwerer zu ertragen als der zugige, oft wolkenverhangene Norden. Mich reizt weder das eine noch das andere.

Ich liebe den Beginn der südlichen Weite, nach der allmählichen Abstufung vom Hochgebirge zu steilen Hängen und länglichen Buckeln, aber noch vor den Hügeln des Weins: wenn die Präzision der Felsen längst verschwunden ist im irri-

tierenden Silberrauch der Oliven, doch schließlich in anderer Gestalt wieder auftaucht: in
steilen Zypressen, die zu beiden Seiten des Sees
sein Auseinanderdrängen flankieren, dort eine
eigene Landschaft aus botanischen Fingern bil-
den, eine Landschaft mit fließender Grenze zwischen Hartem und Weichem, zwischen Wach-
heit und Schlaf, eine schmale, besonders am
Westufer ausgeprägte Zone des Übergangs, die
von jeher für den Geist ihre Anziehung hatte, ob
für Dante, den politisch bedrängten, oder Goe-
the den Italiensucher, für D.H. Lawrence, in
privater Bedrängnis, oder D'Annunzio in seiner Weltflucht. Eine nicht klar umrissene,
gleichsam schwebende Landschaft von schon
gefährlicher Attraktivität, gefährlich durch
eine Versammlung von Schönem, die sich im
Sommer immer mehr zusammenschließt und
am Ende geradezu ballt, in den Nächten des
August mit ihren fallenden Sternen, schneller
als jeder Wunsch, und einem beunruhigend roten Mond, fernem Wetterleuchten, das von
Nacht zu Nacht heftiger wird, und großen, seidigen Faltern, todgeweiht wie der Sommer;
eine Ballung, die einen wie unter Zwang an ihr
Gegenteil denken läßt: an die endgültige Ab-
wesenheit alles Schönen, an das eigene Erlö-
schen.

Die Pracht des Sees, sie ist nichts – nicht mehr als der intime Flicken über einer Kerbe in den Kalksedimenten eines früheren Meeres – Milliarden abgelagerter Skelette, die später, durch Erdfaltung, Gebirge ergaben; den Rest besorgte ein Gletscher. Gewaltige Eismassen haben die Kerbe zwischen die Berge geschnitten, ein Jahrhunderte währendes Schauspiel, ohne jegliches Publikum, wie man vermuten darf, eine menschenfeindliche Geburt. Es gibt kaum einen tieferen See in Europa; auf dem stockfinsteren Grund, in der Mitte der Kerbe, ist das Wasser seit Urzeiten dasselbe; der See hat sich dort etwas von seinem tödlichen Anfang bewahrt. Dreihundertsechsundvierzig Meter darüber trieben wir, nackt, in einem Boot.

Wir waren zu dritt, ein Filmregisseur und eine Filmschauspielerin – die beiden auf der Fahrt verfluchten traurigen Berühmtheiten und ich. Unser Boot, aus weichem Kunststoff, aufblasbar, war klein; die darin eingeschlossene Luft hielt uns gut über Wasser, drei Erwachsene und einen Motor mit sechs Pferdestärken.
Wir überquerten den See bei Pai in Richtung Gardone, also nicht auf dem kürzesten Weg, sondern schräg – eine Strecke von gut fünfzehn Kilometern zwischen dem Ostufer mit seinen

steil ansteigenden Olivenwäldern und den alten Zitronenterrassen unterhalb schroffer Wände auf der anderen Seite; erst etwas südlich der Windgrenze, auf der Höhe von Torri, scheint sich die Bergwelt längs des Sees gleichsam erschöpft zu haben; ihre Ausläufer, schon mit Zypressenkämmen (aus der Ferne: eher kleine Federkiele als erhobene Finger), gehen über in die hügelige Veroneser Landschaft. Die Sonne war mild, über dem anderen Ufer hing eine Schleppe aus Dunst; manchmal schrie eine Möwe. Leider, muß ich sagen, war es ein prächtiger Gardasee-Tag.

An dieser Stelle sei erwähnt, daß der See nicht immer so hieß; im Zuge der italienischen Einigung wurde ihm sein alter Name genommen, als sei etwas Unschönes vorgefallen. Für Franz von Assisi (der am See die Zitrone einführte) war es der Lacus Benacus und auch später für Dante; es war der Benacus-See seit den Zeiten, als verdiente Legionäre Roms für ihre letzten Lebensjahre etwas Land an seinen Ufern erhielten, und ich will nicht verschweigen: Auch ich besitze dort Land, wenig, aber in beherrschender Lage, doch weder infolge einer Zuteilung staatlicherseits noch aufgrund vorzeitigen Erbes, sondern auf ganz gewöhnliche Weise erworben. Ich schrieb und schreibe Drehbücher für Spielfilme, und die Arbeit an einem langen Roman wurde, Jahr für Jahr, neu unterbrochen; diese kleine Geschichte soll mich zurückführen zu der größeren, die am Gardasee anfängt und endet.

Unser luftgefülltes Boot hatte eine Besonderheit, verursacht durch nächtlichen Sturm und einen abstehenden Bolzen in der Uferbefestigung: Es hatte, seitlich am Heck, ein fingerdickes Loch, über dem sich mehrere Flicken befanden, ich glaube, vier oder fünf, was nichts daran änderte, daß nach wie vor – als wir so dahintrieben in der Mittagsruhe, auf beinahe glattem Wasser – ein mückenhaft dünner Ton aus der Gegend des Lochs zu hören war, oder, je nach Lage des Bootes, winzige Blasen am überspülten Rand des Flickens hervortraten, was aber bei der geringen Luftmenge, die (aus einer von zwei großen Kammern) entwich, keineswegs eine Gefahr bedeutete, sondern nur hieß, daß dieses Loch eben nicht völlig dicht, also restlos aus der Welt geschafft war – es blieb, strenggenommen, ein Loch, und genau dieses Faktum, das mit den Fakten des Luftentweichens und der Bootssicherheit wenig zu tun hatte, wurde für einen von uns, die Schauspielerin, unerträglich. Als habe sie die ganze Zeit über an nichts anderes gedacht, rief sie auf einmal, sie wolle nicht warten, bis der Druck in der Kammer den untersten Flicken und damit alle übrigen absprengte, wie sie das nannte, und nahm auch schon das Messer, mit dem wir eine salame picante unter uns dreien aufgeteilt hatten, bohrte seine Spitze – wortlos: als hätten wir das so vereinbart – unter eine Kante der Flickenschicht, hob diese etwas an und riß alle vier oder fünf Flicken mit einer einzigen, erschreckend mühelosen Bewegung herunter.

An der Stille des Sees oder seiner Landschaft zu beiden Seiten – wir hatten etwa die Mitte erreicht – änderte sich in diesem Moment nichts. Es war dem See sozusagen gleichgültig, ob unser Boot auf ihm trieb oder in ihm versank – ein Gedanke, nebenbei gesagt, der mich an einen Fernsehfilm über den See erinnert, den ich am Jahresanfang gesehen habe. Ein in vielem lobenswerter Beitrag, mit überraschenden Einblicken, ein Film auch über die am See begangenen Sünden (etwa Motorbootfahren), der aber eine immer wiederkehrende, heimliche Devise enthielt: Der See möge denen gehören, die dort schon vor einiger Zeit (also noch rechtzeitig) ein altes Haus erworben und liebevoll restauriert haben oder mit ihrem Geld auch heute noch ein echtes altes Haus in Besitz nehmen können, was sie dann liebevoll (wie sonst?) instand halten; der See aber möge doch, endlich und künftig, vor denen verschont bleiben, die (gemessen an den Verhältnissen rund um den See, aber auch an seiner großen Geschichte und Schönheit) wenig haben und sich mit diesem wenigen folglich nur in einem häßlichen Apartmenthaus ein häßliches Apartment leisten können, bestenfalls ein Reihenhaus in einer Reihenhaussiedlung, für die ein ganzer Olivenhain fallen muß; letztere sollten, wenn schon, ins Hotel gehen, was aber auch nicht so gern gesehen werde, da es sich um neue und darum billige, häßliche Hotels handele. Am besten, diese Leute kämen nur für einen Tag und blieben im Norden des Sees, um zu windsurfen, oder sie kämen gar nicht, was auch die Straßen entlasten würde, und schauten sich statt dessen den Film an … Mir mißfiel diese heimliche Devise, ja, sie stieß mich sogar ab, da sie im Grunde auf Plutokratie hinausläuft – zur Ungerechtigkeit der Natur bei der Verteilung der menschlichen Schönheit käme ein zweites, ebenso großes Unrecht, wenn die Menschen als Betrachter von erhabener Natur nicht mehr gleich wären, ihnen komplette Landstriche verschlossen blieben wie teure Lokale, nur weil sie sich dort, wie es Menschen (mit geringen Mitteln) nun einmal tun, unschön ausbreiten. Aber wahrscheinlich kotzte mich die klug versteckte Botschaft auch an, weil ich eben selbst zu jenen Nachzüglern zähle, denen Olivenbäume zum Opfer fallen – jenen, die nicht das Privileg genießen, ein altes, wie auch immer erworbenes Haus liebevoll zu hegen, sondern bloß in der Lage sind, mit ameisenhafter Anstrengung eins im alten Stil nachzubauen, sich also mit Tricks, wenn man so will, an den See schleichen …

Die Luft entwich in einem einzigen, langen Schwall aus der hinteren Kammer, der Außenbordmotor sank augenblicklich unter Wasser, und das Vorderboot wäre steil nach oben gegangen, hätten wir uns nicht alle dorthin geworfen. Es waren mehr oder weniger logische Abläufe, die keines Kommentars bedurften, und so sagte ich in diesen Sekunden auch nichts, während der Filmregisseur (und Produzent) die Schauspielerin (die an meinem Drehbuch mitbastelte) anschrie, weshalb sie das getan habe (obschon das Boot ihm gar nicht gehörte, sondern mir), worauf sie zurückschrie, daß es im Leben wie im Kino sei: einer müsse immer das Böse spielen. Und in dem Fall, schrie sie, bin ich es!
Ihre vorausgeschickte Erklärung, sie wolle nicht auf das Abplatzen oder Abgesprengtwerden der Flicken warten – also die Katastrophe lieber

gleich selbst herbeiführen und damit den Zumutungen des Lochs schlagartig ein Ende setzen –, zählte für den Regisseur offenbar gar nicht, als sei ihm dieses Argument vollkommen fremd, während es mich, trotz aller Unvernunft im Hinblick auf die Folgen, durchaus ansprach, ich gebe es zu (auch mir war, bei vorausgegangenen Fahrten, nie recht wohl mit den verschiedenen Flicken, ja mit jeder weiteren Überklebung wuchsen meine Zweifel am Wert dieses Verfahrens, vom ästhetischen Eindruck ganz abgesehen).

Aber nicht nur ein Unbehagen am Flickwerk war die Ursache für unsere Lage; der Vorfall hatte wohl auch mit uns dreien zu tun oder, im engeren Sinne, mit den Beziehungen in dem nunmehr halb gekenterten Boot. Noch vor einem Jahr hatte jeder den anderen nur seinem Namen und Bild nach gekannt, ein Zustand allgemeiner gegenseitiger Wertschätzung und Unschuld, bis uns ein Rohdrehbuch, von mir verfaßt, über Nacht an einen Tisch brachte und Regisseur und Schauspielerin alsbald mit ihren Ideen auftrumpften. Die beiden waren damals noch eine Art Paar, das sich ein Stück Liebe bewahrt hatte, während sie jetzt, in dem Boot – oder dem, was vom Boot noch aus dem See ragte –, eindeutig als Ex-Paar auftraten, das nichts von seinem Haß aufzugeben bereit war. Der Regisseur (etwas älter als ich und dabei weniger bekannt) packte die Schauspielerin (etwas jünger als ich und dabei bekannter) an ihren hübschen weißen Armen und schrie: *Die* Nummer hatten wir auch schon!

Nach diesem Satz, der uns nicht weiterbrachte, im Gegenteil, sprang ich ins Wasser, das Boot zu erleichtern, und hier muß ich die Jahreszeit erwähnen: den Frühsommer, der einem, wie keine andere Jahreszeit, die Pracht dieses Sees vor Augen führt, während der See als solcher, auch an seiner Oberfläche, noch keine fünfzehn Grad hat, was sich, bei Sonnenschein, rasch ändern würde, aber eben gegenwärtig umfassend zutraf, so sehr die Glieder und den Atem lähmend, daß kaum Aussicht bestand, das eine oder andere Ufer schwimmend zu erreichen, zumal an einem gewöhnlichen Frühsommer-Montag gegen zwölf rund um den See doch in irgendeiner Form gearbeitet wird, die Einheimischen jedenfalls selten Motorbootfahrten oder Segelpartien unternehmen. Die weite Wasserfläche war – bis auf ein fernes, unter dem Dunstband über dem Westufer fahrendes Fährschiff, seiner panzerhaften Gestalt nach die Brennero – wie leergefegt.

Die Schauspielerin schrie jetzt wieder, allerdings keine Sätze mehr – sie schrie einfach so, dies aber gekonnt, was zeigte, daß sie eben von Haus aus Schauspielerin war, die sogar in Notlagen noch ansprechend schrie, sich jedoch mehr Geltung zu verschaffen hoffte, indem sie ganze Szenen aus dem Täschchen zog, die ihre Person in ein günstiges Licht stellten. Sie schrie, nahm ich an, weil ihr empfindlicher Unterleib auf einmal im Wasser hing – das Gewicht von Motor und Tank hatte das halbe Boot nach unten gezogen; der Bug ließ sich nur noch als Rettungsring nutzen.

Überraschend (für mich selber) war eigentlich nur meine Ruhe. Ich wußte, daß die Schauspielerin lange nicht so gekonnt schwamm, wie sie schrie – und die Flicken letztlich in einem dramatischen, also eitlen Akt, ohne jegliche Weitsicht, heruntergerissen hatte –, und ich wußte, daß der Regisseur zu unmittelbar am Leben hing, um mit Verstand darum kämpfen zu können, und ich dachte in diesen Sekunden ihres wirklich unangenehmen Geschreis, daß mir ein von uns dreien in diesem Frühsommer geschriebenes Buch – nach meinem Rohentwurf, aber weitergeführt durch Ideen des Regisseurs, ich gebe es zu, und mit zwei, drei guten Szenen nicht von mir, sondern von ihr, auch das gebe ich zu – gleichsam in den Schoß fallen würde, als besäße ich, über die eigene Begabung hinaus, noch die des Regisseurs und die der Schauspielerin. Es war bloß ein kurzer Gedanke, mehr ein inneres Blitzen, während in einiger Ferne die Hauptinsel des Sees, mit ihren steilen Gewächsen und Zinnen oft an eine Fieberkurve erinnernd, hinter sonnendurchbrochenen Schleiern auftauchte, ein Streifen Land, den schwimmend zu erreichen ich mir noch zutraute – ein privates Paradies, das einst von Karl dem Großen (man weiß nicht, wie *er* dazu kam) der Abtei San Zeno geschenkt worden war, wonach dort Einsiedelei und Kloster entstanden, bis die Insel durch eine Heirat der Duchessa de Ferrari mit dem Fürsten Scipione Borghese aus den Klauen der römischen Kirche überging in die einer gewiß namhaften, aber doch gewöhnlichen Familie, welche bis heute, mit Erfolg, jedes Betreten ihres Privatreichs verbietet – was den eben erwähnten Urheberrechtefall gewiß zur Lappalie machte.

Ich schwamm um meine zwei, mit den Füßen im See zappelnden, sich an den Wulst der vorderen Luftkammer krallenden Freunde oder was sie waren, langsam herum und bemerkte eine plötzliche Angst in den Augen des Regisseurs: die mehr war als bloße Angst; ich hatte so etwas zuletzt als Schüler gesehen, in den Augen eines wirklichen Freundes, der die mythische Grenze vom Knaben zum Mann überschritt, und jetzt sah ich es wieder, dieses Schaudern beim Erreichen einer neuen Grenze: vom Mann zum toten Mann. Ich empfand kein Mitleid. Nein, ich überlegte sogar, wie ich unbemerkt an das zweite Ventil herankäme.

Im Grund kennen die meisten Leute, ich ganz bestimmt, das Böse in sich und werden schon dadurch etwas besser, als sie nach allgemeiner Ansicht sind – dieser Gedanke, der mir erst etwas später kam, hätte meine Skrupel sicher verringert und die Geschichte damit abgekürzt, sie nicht noch schlimmer werden lassen; zu dem Geschrei der Schauspielerin kam nun auch das des Regisseurs, der nicht etwa um unseren geplanten Film fürchtete, sondern allein um sein Leben.

Ich weiß nicht mehr genau, was er im einzelnen schrie, ich weiß nur, daß ich mich von dem Geschrei entfernte, mit großen Zügen ein Stück davonschwamm – angeblich, wie ich über die Schulter zurückrief, um Hilfe zu holen, was absolut lächerlich war, wenn man den Blick kreisen ließ, tatsächlich jedoch, um endlich Ruhe zu haben, eine Ruhe wie in meinem ersten Sommer am See, noch mit den jungen Eltern, kurz vor ihrer Scheidung, nachdem ich mich mittags, kaum daß im Zimmer die Jalousie heruntergegangen war, allein ins Wasser gewagt hatte und – eine Hand auf der Luftmatratze, die andere in meiner schwarzen, elastischen Hose, den Blicken der wenigen Gäste mit ihrem Duft nach Niveacreme, ja überhaupt der Welt entzogen – in gleichsam himmlischer Ruhe hinaustrieb.

Noch Mitte der sechziger Jahre, also vor einer Generation, hießen Fremde, die im Sommer den See besuchten, Badegäste, und die Eisenbahn, die sie über die Alpen brachte, fuhr so langsam, daß Schmetterlinge durch die Fenster ein und aus flogen (für letzteres will ich mich nicht verbürgen – das andere kann man in alten Führern nachschlagen). Gar nicht lange danach, als in München Olympische Spiele stattfanden und mit dem Aufkommen der weißen Socken im Alltag, diesem ersten Anzeichen eines Dritten Geschlechts (männlich, weiblich, sportlich) eine in meinen Augen trostlose Neuzeit begann, sprach man nur noch von Touristen (später Surfer und Biker); ich haßte diese Jahre und hasse sie noch immer und stellte mir in meinem Haß vor, in dieser Zeit Kind gewesen zu sein, und schrieb eine Kindheitsgeschichte, die am Beginn der siebziger Jahre spielt, als der Landschaft rund um den See die schwersten und dauerhaftesten

Schäden zugefügt worden sind: mit dem ersten, vom Touristenstrom übriggebliebenen Geld fast blindwütig Altes gegen Neues getauscht wurde, bis selbst den Italienern diese Veränderungen zum Nachteil des Ganzen auffielen (man darf nicht vergessen, daß von sämtlichen Italienern ja höchstens ein halbes Prozent Geschmack hat, diese paar allerdings mehr als der Rest der Welt).

Erst nach einer Weile schaute ich, mehr aus Neugier, wieder zum Boot. Das Gewicht von Motor und Tank hatte nun auch die vordere Luftkammer ein gutes Stück unter Wasser gezogen; Regisseur und Schauspielerin waren schon bis über die Rippen im See. Wer rettet wen, darum ging es jetzt wohl.
Ich hatte eigentlich keine Lust, die beiden zu retten, was neben der Urheberrechtssache vor allem daran lag, daß meine eigene Rettung damit unwahrscheinlicher wurde; andererseits wollte ich später auch nicht als jemand dastehen, der seine Bekannten ertrinken läßt. Es war schwierig, keine Frage. Ich merkte, wie meine Kräfte nachließen, mein Atem immer kürzer wurde – entweder schwamm ich um mein Leben, oder ich opferte den Motor (gerade gekauft, für drei Millionen Lire), den unter Wasser abzuschrau-

ben mich freilich die letzten Kräfte kosten würde. Das alles schoß mir durch den Kopf und ergab eine einfache, in dieser Gegend der Welt jedoch vollkommen ungewohnte Formel, nämlich Leben oder Sterben.

Mit kurzen, schnellen Zügen, wie ein ins Wasser geworfener Hund, schwamm ich wieder zum Unglücksort und ließ meiner Wut über die Lage – der Motor schien mir verloren – freien Lauf, vor allem gegenüber der Schauspielerin, die es fertigbrachte, nach ihren längst untergegangenen Kleidern zu suchen. Ich brüllte sie an, wobei sie mir augenblicklich fremd wurde; ein einziges Mal hatten wir zusammen geschlafen, in einer Art Nacht- und Nebelaktion, nachdem sie in einem Berliner Hotelzimmer die ersten Sätze zu ihrem Vorteil in mein Drehbuch gedrückt hatte und ich mir dafür wortlos eine Gegenleistung abzwackte, so muß man es wohl nennen, wenn man die körperliche Liebe auf ihren Kern beschränkt, einen mit Küssen vertuschten Handel.

Ohne diese Verrücktheit, brüllte ich, diesen Knall, Flicken von einem Loch zu reißen, wären wir drei jetzt, trocken und friedlich, kurz vor Gardone, um dort Mittag zu essen und später die D'Annunzio-Villa besuchen, und sie brüllte zurück, daß ich versucht hätte, für die in meinem Drehbuch nur angelegte, von ihr aber überhaupt erst mit Leben erfüllte Rolle eine andere, jüngere und geilere Schauspielerin ins Gespräch zu bringen – jetzt, da sie mit mir im Bett gewesen sei: Was alles Dreck war – wie sie noch, zitternd vor Kälte, hervorstieß: Ein einziger Hotelzimmerdreck!

Meine Bereitschaft, die beiden zu retten, erreichte durch diese Lügen ihr Minimum, auch weil der Regisseur sofort die Partei der Schauspielerin ergriff (die ich im übrigen nicht, um das am häufigsten gebrauchte Wort dieser Geschichte ein weiteres Mal zu verwenden, als Schön bezeichnen möchte, sondern höchstens als Flott, wobei leider keine unserer neuen deutschen Filmschauspielerinnen wirklich schön ist, ich meine, mit einer tragischen Verantwortung für ihr Gesicht). Er nannte mich Sau, der Regisseur, woraufhin ich ihn, immerhin präziser, verlogene Sau nannte: denn nicht ich, sondern allein er habe ja den Gedanken geäußert, ob nicht eine andere, jüngere für die Rolle geeigneter sei.

Diese letzte Bemerkung war mir unter dem Druck der Ereignisse herausgerutscht, und ich hätte sie vielleicht noch zurücknehmen können, wäre nicht ihr Wahrheitsgehalt auf der Stelle bekräftigt worden, indem der Regisseur mit der flachen Hand nach mir schlug. Er traf mich am Mund, meine Lippe sprang auf, und spätestens von diesem Moment an wäre es für jeden von uns dreien sicher das beste gewesen, als einziger zu überleben oder, zweitbeste Lösung, mit den beiden anderen unterzugehen, qualvoll, doch mit Aussicht auf ein Ende der Situation (das sichtbare Platzen eines Traums, auf den ich beschämt zurückblicke, des Traums vom gemeinsamen Film, des einzigen, was in diesem Geschäft kein Geld kostet). Doch es sollte ganz anders kommen, so anders, daß Europa, wie der Regisseur gern sagte, Europa und der europäische Film nun eben um einen solchen Film ärmer sind, ohne um eine Tragödie reicher zu sein.

Die Schönheit des Sees an diesem Tag und in jener Stunde hatte schließlich doch dazu geführt, daß jemand, anstatt zu arbeiten, in sein Segelboot gestiegen war; lautlos hatte sich dieses kleine Boot genähert, und als plötzlich ein Ruf übers Wasser kam, noch dazu in unserer Sprache, wir sollten durchhalten, durchhalten, da hätte mein Schrecken nicht schlimmer sein können – wir hatten die besten Voraussetzungen für ein starkes Ende gehabt; so war einfach nur alles aus.

Ich forderte von der Schauspielerin Schadenser-
satz (für einen ruinierten Außenbordmotor),
während sie Schmerzensgeld verlangte (für eine
ruinierte Blase) und der Regisseur die Heraus-
nahme all seiner Ideen aus meinem Buch, was
mich wiederum veranlaßte, gegen ihn Körper-
verletzung geltend zu machen. Und doch fand
sich eine Einigung, die jämmerlichste zwischen
Menschen; noch am Abend des Unglückstages
gingen wir auseinander – der Regisseur nahm
sein Auto, die Schauspielerin den Zug, während
ich den Weg zu meinem Haus nahm; unsere
stille Übereinkunft war, sich nie im Leben wie-
derzusehen, und ich glaube, dieses Ende an
Land erschütterte mich mehr als das auf dem
Wasser; ich legte die Drehbücher weg und las,
nach langer Zeit, meine alten Geschichten, die
am Gardasee spielen. Viel erfreulicher waren sie
nicht: als zeige die ersehnte Landschaft aus Wasser, Licht und Dunst mit ihren Olivenflanken
und Zypressenfingern ein zweites, in ihrer
Schönheit verborgenes Gesicht, gleich einem
Kippbild, eine Fratze, böse wie das leere Becken
des Sees.

(1996)

Fischgeschichte

Es hieß, Herr B. sei arrogant. Er aß an einem separaten Tisch und sprach mit keinem der Gäste; es war sein vierter Urlaub in Brenzone. Er schätzte den Gardasee, wo das Italienische noch gemildert erschien, durch deutsche Umgangsformen und erfrischende Winde. Auch seine Einsamkeit wurde dadurch gemildert. Sie wurde belanglos, so wie die Unterhaltungen um ihn herum, die sich um nichts anderes als das Windsurfen drehten.

B. war ein vorzeitig ergrauter Mann ohne sportlichen Ehrgeiz. Tagsüber saß er auf dem Balkon und verfolgte mit einem Fernglas die in seinen Augen sinnlosen Anstrengungen auf dem Wasser. So kannte er schon sämtliche Manöver des Windsurfens, einschließlich der Kniffe; Sommer für Sommer hatte er vor allem die Frauen studiert. Er genoß ihren Anblick, so wie er die Lektüre eines guten Buches genoß – hin und wieder seufzend, ohne es zu merken. Unter den Gästen erzählte man auch, er sei ein Vikar. Es war ein leises, unschönes Gerede, bis zu dem Tag, als die Frau des bekannten Literaturkritikers W. im Hotel Riva erschien.

Sie war auffallend dünn und wußte sich im Bekanntenkreis nur dadurch zu helfen, daß sie sich selber verhöhnte: als dünne Gattin ihres Mannes. Es war ihr erster Urlaub allein, und sie wollte Fett ansetzen und das Windsurfen lernen; sie wollte auch ihren Mann, dessen vernichtende Kritiken ihr ebenso peinlich waren wie seine schwärmerischen, für eine Weile vergessen. Gleich nach der Ankunft schnitt sie sich die Nägel kurz. Gegen Abend zog sie sich um. In einem Seidenkleid, das ihre spitzen Schulterblätter freigab, erschien sie kurz vor acht im Speisesaal.

Die Kellner waren angewiesen worden, sie zu Herrn B. zu setzen. Es war ein weiterer Versuch, ihn durch Verführung in die große Familie der Surfer zu schleusen. B. löffelte die Tagessuppe, als er Gesellschaft bekam. Die dünne Gattin wünschte Guten Abend und macht dann Mmm ... Als hätte sie die Suppe schon gekostet! Er nickte nur und löffelte weiter.

Über den Löffelrand faßte er ihre Lippen ins Auge. Sie zogen ihn an. Und je mehr der ganze Mund ihn anzog, desto mehr befürchtete er, daß sie womöglich Fragen an ihn richten könnte. Doch sie lächelte nur ihrem leeren Teller entgegen. Sie lächelte, als läge ein Geheimnis im Teller.

Ihr Mund, fiel ihm auf, hatte keine gewöhnliche, in die Breite gehende Herzform, sondern verlief fast elliptisch: Unter- und Oberlippe glichen einander. Es war eine verwirrende Symmetrie, es gab kein Oben und Unten. Von dem Mund ging eine zudringliche Intimität aus, so daß B. sich wünschte, sie hielte ihre Serviette davor.

Ein Kellner brachte ihr die Suppe. Sie beugte sich herab, um an der Suppe zu riechen, was ihm Gelegenheit gab, seinen Blick etwas wandern zu lassen. Über kleinen, steifen Brüsten wurde der Ausschnitt des Kleides von einer mehr als faustgroßen Brosche zusammengehalten, in der B. nur einen Riegel wahrnahm. Sie machte wieder Mmm... und fing an zu löffeln, und er hörte sich mit einem Mal reden. Er sagte ihr leise, daß die Suppe nicht gut sei. Beim besten Willen nicht.

»Es ist eine Gemüsesuppe«, entgegnete die dünne Gattin.

»Deswegen muß sie ja nicht schmecken.«

»Wollen Sie mir den Urlaub verpatzen?«

»Sie sind doch nicht wegen der Suppe gekommen ...«

»Sondern?« fragte sie lebhaft.

»Sie möchten windsurfen. So wie alle, die hier sitzen. Außer mir. Ich will es nicht.«

Die dünne Gattin blies in ihren vollen Löffel. Die Suppe schmeckte wirklich nach nichts. Aber sie hatte sich vorgenommen, ihren Urlaub von

Anfang an zu genießen. Und also genoß sie die Suppe. Sie tat, als sei es eine Köstlichkeit, immer wieder ihre Augen schließend, und B. hatte seine Mühe mit ihr. Bot sie sich ihm nicht geradezu an? Der Gedanke nahm ihn so mit, daß er mit den Gabelzinken das Tischtuch beschriftete; selbst als ein Kellner an den Tisch trat und die Brauen hochzog, fiel ihm nicht auf, was er mit steiler Schrift in den Stoff geritzt hatte.

Der Kellner brachte den Hauptgang, zwei Kalbsschnitzelchen mit Blattspinat, und sie flüsterte:

»Lecker ...«

Das war zuviel. B. erhob sich, ohne den Stuhl abzurücken, und stand daher, ein wenig eingeknickt, hart an der Kante des Tisches. Die dünne Gattin sah ihn an. Sie kostete ein Schnitzelchen; kauend hielt sie ihm vor, daß es nicht recht sei, so das Essen einfach stehenzulassen. Es sei Kalb, vom Zartesten.

»Mir ist übel.«

»Übel wovon?«

B. spürte nun die Blicke und glaubte seinen Namen zu hören. Er neigte sich zu ihr herüber, sie strich ihre Haare zurück; er sah ihr Ohrloch. Er vertrage kein Fleisch, gab er vor. Er vertrage nur Fisch.

»So empfindlich?«

Kellner steckten jetzt die Köpfe zusammen, und die Gespräche an den Tischen wurden leiser. B. suchte nach Worten. Er spürte, wie er mit jeder Sekunde des Schweigens tiefer in eine Geschichte geriet, die von seinem Leben vollkommen abwich. Er sah auf ihre weißen Hände. Sie kreuzten das Besteck auf dem Teller. Ob es an ihr vielleicht liege, wurde er leise gefragt. Daß sie zu dünn sei, wisse sie selbst. Aber sie werde hier ordentlich essen. Auch ihr sei Fisch am liebsten. Sie könnten ja à la carte essen hier ... Forelle und noch mal Forelle.

»Das ist es nicht«, sagte B.

»Was ist es dann?«

Er versuchte mit beiden Kniekehlen den Stuhl wegzudrücken; er wollte seinen Anblick verändern. Und während der Stuhl hinter ihm langsam kippte und umfiel, gestand er, es seien ihre Lippen. Es war ein weithin hörbares Geständnis, denn der Stuhl war inzwischen gefallen und die Gespräche ringsum abgerissen. Der ganze Speisesaal schwieg. B. senkte den Kopf. Sein Blick fiel auf das helle Tischtuch. Er las, was er geschrieben hatte, und floh davon. Er floh ins Freie, auf den langen Badesteg des Hotels.

Am Ende des Steges, neben gestapelten Surfbrettern und Segeln, saß ein Junge und hielt eine Angel. B. schaute auf den See hinaus. Der See war glatt und schwarz. Er dachte daran abzureisen; er dachte auch daran, sich das Leben zu nehmen, aber erst später. In jedem Fall abreisen! Denn solange sie ihm gegenübersäße, brächte er nichts mehr herunter. Nie hatte er sich heftiger gewünscht, die Lippen einer Frau zu küssen. Nie war es ihm aussichtsloser erschienen. Er starrte auf das weite Wasser. Ab und zu sprang ein Fisch. Man hörte nur das ferne Klatschen; B. wandte sich dem Jungen zu.

Es war kein harmloser Junge, das sah man. Er hatte für sein Alter, zwölf oder dreizehn, überentwickelte Züge, zum Beispiel ein kräftiges Kinn, aber nackt wie ein Ei. Er war die Parodie eines Erwachsenen; als Köder verwendete er lebende Mehlwürmer, die er einer Dose entnahm. B. zwang sich hinzuschauen. Ohne Bewegung im Gesicht zog sie der Junge vom Schwanz her über den Haken, der die Größe einer Büroklammer hatte. Der letzte Mehlwurm wurde durch den Widerhaken aufgetrieben, sein Rumpf hing über die Spitze hinaus und schlug hin und her. Ob dieser Haken nicht zu groß sei, wollte er den Jungen fragen, als von einem der Balkone des Hotels eine Stimme erscholl.

»Bärlein, zu Bett!«

Der Junge stampfte auf und warf mit pfeifendem Geräusch die Angel aus. Für ein paar Augenblicke war es still, dann klatschten Senkblei und Haken ins Wasser, weit draußen, wie es schien. Und wieder die Stille, und plötzlich noch einmal der Ruf.

»Bärlein, zu Bett!«

B. trat etwas dichter an den Jungen heran und hielt sich eine Hand vor den Mund. Die Wut des Jungen amüsierte ihn, doch wollte er die Schadenfreude verbergen. Er durfte ja aufbleiben, solange er wollte, da kümmerte sich niemand mehr. Der Junge guckte ihn jetzt an. Er zupfte an der Angelschnur, er suchte einen Ausweg; die Schnur schien lang zu sein, lang und fest. Und dann kam er mit der Bitte, kurz auf die Angel zu achten, er sei auch gleich wieder da ...

»Aber ich kenn mich nicht aus.«

»Wenn der Schwimmer untergeht, hochreißen, hoch.«

»Welcher Schwimmer?«

»Da draußen, der Punkt.«

B. schaute und sah einen grünen Docht auf dem Wasser, ein phosphoreszierendes Stäbchen. »Und du kommst wieder?« fragte er, während die Stimme zum dritten Mal rief, jetzt mit Betonung auf Bett.

»Bestimmt«, sagte der Junge.

»Du mußt nicht schlafen gehen?«

»Ich bin nicht müde.«

»Aber du mußt deiner Mutter gehorchen ...«
Der Junge schnitt eine Fratze und lenkte das Gespräch auf die Angel zurück. Es sei eine ganz teure Rute und eine ganz teure Schnur. Das halte auch bei einem Riesenfisch. Wenn der Haken richtig sitze.

»Gibt es hier denn Riesenfische?«

»Schon ab und zu.«

»Schon ab und zu ... Und hast du schon eine Freundin?«

»Ich angel lieber.«

»Und möchtest auch keine?«

»Also ich geh jetzt ...«

»Ins Bettchen, wie?«

Der Junge schüttelte den Kopf und rannte dann über den Steg; B. schaute wieder auf den See. Das Wasser war so schwarz und glatt, daß ein Sog davon auszugehen schien. Dieser Sog dämpfte alle Geräusche. Er nahm ihnen jedes Gewicht, und so war es für B. eine Nacht ohne Schall. Er seufzte und ließ sich neben den Surfbrettern nieder, den leuchtenden Schwimmer behielt er im Auge.

Natürlich dachte er an sie. An ihre Zwillingslippen. Was für ein Glück er gehabt hatte, daß sie ausgerechnet zu ihm gesetzt worden war! Und was für ein Unglück hatte sich daraus entwickelt. Es gäbe ja für sie keinen Grund, gerade ihm ihren Mund anzubieten. Andererseits sprach nichts Entscheidendes dagegen. Schließlich war sie alleine verreist. Und so bestand doch die Chance, daß sie es aus Gleichgültigkeit oder Langeweile zuließe; der Schwimmer wurde steil in die Tiefe gezogen. B. riß die Rute nach oben und spürte ein Zerren.

Es war ein Fisch. Die straffgespannte Sehne ging hin und her, die Rute wurde gekrümmt, daß er glaubte, sie breche, er warf den Kopf herum. Hinter dem Balkon, von dem die Stimme herabgetönt hatte, war es nun finster. Wahrscheinlich schlief der Junge schon; es war gegen zehn, die Gartenlampen brannten.

B. grauste es vor dem Fisch mit dem Haken im Maul. Ihm grauste es vor dessen Verletzung; hatte er nicht beigetragen dazu? Durch das Hochreißen der Rute mußten Haken und Widerhaken tief in den Kiefer gedrungen sein. Und er dachte, weg nur, verschwinden, und wollte schon aufstehen, als ihn jemand ansprach von hinten. Es war die Tischnachbarin. Sie fragte ihn leise:

»Gut zum Angeln jetzt, stimmts?«

»Was fängt man hier schon ...«

»Welse.«

»Fängt man hier nie.«

»So; ich dachte.«

»Hier fängt man doch nichts.«

»Ich sehe nur, daß Sie hier nichts fangen.«

Der Fisch hatte sich inzwischen beruhigt. Er schien Kräfte zu sammeln. B. ließ die Angel sinken, die dünne Gattin setzte sich neben ihn auf die Kante des Steges. Ihr Haar war frisch gescheitelt, eine kleine, silberne Pailette glänzte darin, auf ihren Lippen lag jetzt Farbe. Was er bekäme, wenn er nun doch etwas finge ... Ein ganz kleines ...

»Küßchen?«

»In Ehren ...«

»Natürlich in Ehren.«

»Also keinen Kuß ...«

»Würde Sie das glücklich machen?«

Er schwieg, und sie fügte hinzu:

»Vielleicht verhungern Sie sonst.«

In die Rute kam wieder Bewegung, das Gezerre fing wieder an. Die dünne Gattin berührte ihn kurz.

»O Gott, Sie frieren ja ...«

»Ich friere nicht.«

»Aber Sie zittern.«

»Ich zittere nicht.«

»Warum wackelt die Angel?«

»Ich glaube, ein Fisch hat gebissen.«

»Dann ziehen Sie ihn hoch. Vorsichtig aber. Mit Gefühl.«

»Ich bin mir nicht sicher ...«

»Wie schön«, sagte sie und berührte ihn wieder. Wenn er nicht sicher sei, sei er das Gegenteil ihres Mannes. Und sie erwähnte, daß ihr Mann der bekannte Literaturkritiker W. sei; sie selber seine unbekannte dünne Gattin, immerhin Strohwitwe jetzt.

B. spürte nun deutlich den Fisch; er drehte die Rolle, der Fisch hielt dagegen, die Schnur glich einer endlosen Nadel. Natürlich kannte er den Mann. Wer Bücher verkaufte, mußte ihn kennen. Und er dachte sich, daß es unmöglich sei, diesen Menschen zu lieben; aber begehren könnte sie ihn! Daran Gefallen finden, daß er nachts ihren Körper verreißt oder die eine oder andere Stelle lobend hervorhebt ...

Ihre magere Schulter stieß an sein Hemd. Es wurde ihm warm auf der Haut, und er sagte:

»Ich hab einen riesigen Fisch.«

»So ziehen Sie ihn hoch!«

»Und wenn er oben ist?«

»Dann töten wir ihn.«

»Was heißt das?«

»Wir bringen ihn um.«

»Und weshalb?«

»Weil wir ihn essen. Und das überlebt er wohl nicht.«

Sie löste ihre faustgroße Brosche vom Kleid, der

Ausschnitt sprang ein Stückchen auf. Er sah etwas intime Haut und fragte sie, was das solle ...
Sie zeigte ihm die Broschennadel. Die war so lang wie ein Zahnstocher. »Damit spießen wir ihn auf«, sagte sie. »Sobald er aus dem Wasser guckt. Damit die Schnur nicht reißt.«
Die sei stark wie ein Draht, erwiderte B. und wandte außerdem noch ein, daß so was sicher qualvoll wäre für das Tier ... Doch da hatte sie sich schon flach auf die Planken gelegt und zum Wasser hinuntergebeugt. Er sah nur ihr knochiges Kreuz und dann einen Schimmer. Es war der kämpfende Fisch, ein Geschlinger, wie Sturm aus der Tiefe des Sees, und er fühlte sich schuldig. Er wollte weg, er wollte heim. Lieber zu Hause die Wände ansehen als diesen Fisch, dachte er. Lieber gar nichts als das hier; und fragte dann plötzlich, was ihr Mann für ein Mensch sei.
»Er ist ein Schwein.«
»Und Sie lieben ihn?«
»Nein, aber ich brauche das Schwein«, rief sie und griff nach der Schnur, das Wasser spritzte auf. Er kam. Der Fisch schlug mit dem Schwanz, er schlug mit dem Kopf. Er zuckte so wild, daß man seine Gestalt noch nicht ausmachen konnte. Es war ein tobendes Bündel; das mit einem Mal stillhielt. Der Kopf sah aus dem Was-

ser. Das Maul stand weit offen. Aus einem Auge lief Blut, es schien am Haken zu hängen. Er mußte durch die Kieferwand getrieben worden sein. Doch der Fisch sammelte immer noch Kräfte, das spürte B., das sah er ihm an. In das Maul hätte ein Apfel gepaßt.

Die dünne Gattin zog jetzt an der Schnur, das eine Auge wurde nach innen gezerrt, ein Rasen lief durch das Tier. Es peitschte das Wasser, es schillerte im Schein der Lampen. Als es ganz aus seinem Element war, hielt es zum zweiten Mal still. Der Fisch hing nun da. Er hatte fast Armlänge und einen perlweißen Bauch. In seinen blaugrünen Schuppen gab es rötliche Spritzer. Die Brustflossen waren wie Fächer. Das große Maul klaffte. Das Auge war starr. Aber sah.

»Ein Hecht?« fragte B.

»Eher eine Barbe.«

»Vielleicht ein Lachs ...«

»Ein Lachs? Unmöglich. Eine Forelle.«

»Eine Riesenforelle!«

»Wahrscheinlich.«

»Und nun?«

»Setzen Sie sich auf meine Beine, geben Sie mir Halt!«

Und er setzte sich auf ihre Kniekehlen, sie beugte sich noch weiter zum Wasser. Er sah, wie sie die Broschennadel umbog. Danach holte sie

43

aus. Sie trieb die Nadel in den Fischleib, sie hob ihn an damit. Sie warf das Vieh auf die Planken. Für ein paar Augenblicke blieb es liegen. Dann schlug es wie toll mit dem Schwanz, ja, es sprang. B. ließ sich auf den Rücken fallen. Er zog die Beine an und lag da wie ein Käfer. Der Fisch sprang unberechenbar. Durch die Lücke zwischen seinen Knien sah er, wie die dünne Gattin fest an der Schnur zog. Bis die Schnur wieder straff war, bis das blutige Auge im Fischkopf verschwand. Die Riesenforelle stieß einen Laut aus, ähnlich dem Schreiversuch eines Stummen, und lag danach wieder regungslos da.

»Jetzt muß der Haken aus dem Maul.«

Und B. kam auf allen vieren gekrochen, in einem Bogen um den Fisch. Er legte eine Hand um die Schnur, sie legte ihre Hand um seine; gemeinsam rissen sie.

Wo das Auge gewesen war, war nun ein Loch. Die dünne Gattin preßte ihm die Hände auf den Leib, und dunkelgrüner Kot trat aus einer Öffnung am unteren Bauch. Das Maul ging auf und zu, ebenso die Kiemen. B. nahm sich zusammen. Er griff um den Rücken des Tieres, er spürte sofort dessen Kraft. Es war ein Auf und Nieder der Muskeln, das ihn beschämte. Wie klein er war, wie häßlich; sein Blick glitt über die Planken. Die waren mit Schuppen übersät, der Haken mit dem Auge dazwischen. Doch Sieger war die Riesenforelle, die immer noch lebte. Sie kotete, sie schlug mit dem Schwanz, Blutblasen zersprangen vor ihrem Maul; das eine Auge starrte, der Unterkiefer schob sich vor. Und es entstand ein verächtlicher Zug. Als wollte die Forelle sagen: Vorwärts ... Ich bin nicht elegant zu töten ... Die dünne Gattin reichte ihm die Brosche.

»Warum ich?« fragte B.

»Sie haben ihn gefangen. Ihr Fisch! Dafür steht Ihnen auch noch ein Kuß zu. Aber erst zustechen.«

Und B. nahm die Brosche, als sei es ein Dolch; sie riet ihm, in den Bauch zu stechen. Er nickte ein paarmal, er sah hinaus auf den See. Am gegenüberliegenden Ufer funkelten auf den Berghängen Lichter. Mal erschienen sie gehäuft, mal als Kette oder vereinzelt, oder wie kleine Milchstraßen auch, so daß man kaum angeben konnte, wo die Lichtpunkte aufhörten und die Sterne begannen. Es war wie eine Kindernacht – unvorstellbar, daß es wieder Tag werden könnte. Ein leichter Windstoß kam von Norden. Und schon leckten ein paar schwache Wellen am Steg. Dann war es wieder still, bis auf das Herzpochen von B.

»Woran denken Sie?« fragte er leise.

»Das möchte ich nicht sagen.«

»Ist es so schlimm?«

»Ekelhaft ist es.«

»Aber die Nacht ist so schön ...«

»Sie ist schwarz, wie der See. Wissen Sie, wie tief dieser See ist? Fast vierhundert Meter. Es ist ein unglaublicher Abgrund. In meinen Augen.«

»Und daran haben Sie gedacht?«

Die dünne Gattin schüttelte den Kopf, B. drückte die Nadel in den glänzenden Bauch. Die Haut gab trichterförmig nach, erst als er kräftig zustach, riß sie. Die Nadel glitt ins Innere des Fisches, Maul und Kiemen klappten auf. Er schien auch jetzt noch Kräfte zu sammeln; er lebte und lebte.

»Aber woran haben Sie dann gedacht?« fragte B. weiter. Sie sah ihn an, sie lächelte.

»Daran, wieviel Scheiße in diesen See passen würde. Das heißt, wieviel Menschen wie lange scheißen müßten, um den Gardasee, sofern er ausgetrocknet wäre, bis an den Rand mit Scheiße zu füllen.«

»Das ist kein schöner Gedanke.«

»Ich hab Sie gewarnt.«

»Und Sie haben es berechnet?«

»Nein. Mich hat nur die Frage beschäftigt. Schlitzen Sie jetzt mit der Nadel. Ein Fisch muß ausgenommen werden, bevor man ihn ißt.«

Und B. stocherte und schlitzte, bis ein pralles

Gedärm, das wie Tagliatelle aussah, durch den immer größer werdenden Riß trat. Der Fisch schlug wieder mit dem Schwanz. Die dünne Gattin langte in den Leib. Sie zerrte die Innereien heraus und schüttelte sie von den Fingern; B. ergriff ihre Hand. Er fragte sie, wer sie in Wirklichkeit sei. Schauspielerin?

»Es gibt mich ja gar nicht«, gab sie zur Antwort.

»Aber ich sehe Sie doch. Ich sehe Ihre Lippen...«

»Sie sehen die Strohwitwe des Kritikers W.; ich selbst bin für den Surfkurs gemeldet. Und Sie?«

»Ich bin nicht für den Surfkurs gemeldet. Wozu auch.«

»Aber wenn Sie kein Surfer sind, was sind Sie dann?«

B. spürte ihre Hand in seinem Haar. Sie entwirrte es zärtlich. Er sei Verkäufer, sagte er.

»Also angestellt. Bei wem?«

»Bei einer Frau. Die mich schneidet.«

»Weil Sie Luft für sie sind. So wie ich Luft für meinen Mann bin. Er atmet mich ein, er atmet mich aus. Er fährt mir über den Kopf im Vorbeigehen und sagt: Alles ist Scheiße, verzeih... Und wenn ich frage: Was bedeute ich dir? kommt: Du bedeutest mir alles ...«

»Aber der Fisch«, unterbrach B. ihre Rede, »hat damit gar nichts zu tun.«

»Er hat auch nicht gelitten. Er wurde ausgenommen. Ein Fisch muß damit rechnen, daß er ausgenommen wird; ein Mensch muß damit rechnen, daß man ihn kränkt. Er ist dafür geschaffen, beleidigt zu werden; dagegen gehört es zu den Bestimmungen des Fisches, daß er totgemacht wird und verzehrt.«

»Und verzehren wir ihn?«

»Wir werden ihn verzehren«, sagte die dünne Gattin und legte ihre Brosche wieder an. Dann griff sie nach der Riesenforelle. Sie nahm den Fisch, dessen Kiemen immer noch pumpten, in beide Hände und öffnete ihren Mund. Sie schob den schlanken Rücken zwischen ihre Zähne. B. hing mit den Augen an ihr, wie ein Kind, das zum ersten Mal einen nackten Erwachsenen sieht. Er sah, wie sie zubiß, er hörte das Knakken des Fleisches. Die dünne Gattin biß sich vorwärts. Mit den Augen gab sie B. zu verstehen, ihr von der Unterseite des Fisches entgegenzukommen.

Von Norden kam ein neuer Windstoß und gleich darauf ein weiterer. Seine Haare wurden nach hinten gedrückt. Es war einer jener heftigen, jähen Winde, derentwegen die Windsurfer an den Gardasee reisten; vom Hotel drangen

Stimmen herüber. Sie drangen B. in die Ohren, aber er nahm sie nicht wahr. Er sah nur ihre Oberlippe über der schimmernden Fischhaut, er sah nicht die Schwanzflosse, die noch hin- und herging. Wenn es nur diesen einen Weg gibt ... dachte er und grub sein Gebiß in den Bauch der Forelle. Er schmeckte Blut und Bitteres, er kaute und schlang und litt unter Gräten. Aber er näherte sich. Der Geruch des Schuppenkleides trat schon zurück hinter dem Geruch ihres Haares, bald trennte ihn nur noch das Rückgrat des verendenden Fisches von ihrem Mund.

Die Stimmen wurden lauter. B. schlang jetzt ohne Rücksicht; daß er ersticken könnte, nahm er in Kauf. Sie schloß die Augen, und er hielt den Atem an. Dann kam ihr Mund, ein Wunder im Gewirr der Gräten. Sie küßten sich so gut es ging. Es war ein Schnappen nacheinander. Bis plötzlich jemand sagte:

»Der Fisch gehört mir.«

Der Junge, dem auch die Angel gehörte – er stand da und guckte. B. sah ihn aus den Augenwinkeln, noch immer seine Lippen an den ihren. Der Junge wich etwas zurück. Er trug einen elastischen Pyjama, und er hatte die Beine gegrätscht. Jammernd wiederholte er:

»Der Fisch gehört mir ...«

Die dünne Gattin löste sich von der Riesenforelle. »So, warum denn?« rief sie, während B. Fleisch und Gräten auf die Holzplanken spie.

»Weil es meine Angel ist, meine.«

»Ich habe sie aber gehalten.«

»Mein Fisch ...«

»Rotzlöffel.«

Für einen Moment war es still, nur der Wind von Norden blies. Dann warf B. die angefressene Riesenforelle mit einem Knall auf den Steg, und der Junge stürzte davon. Er lief auf eine Gruppe von Erwachsenen zu. Die waren alle weiß gekleidet und strebten zum Wasser. Sie empfingen den Jungen, man ließ ihn erzählen.

»Und was nun?« fragte B.

»Wir müssen weg.«

»Aber wohin ...«

Die dünne Gattin hob den Rocksaum. Er flatterte sofort. »Wir haben Glück«, sagte sie. »Der Wind steht gut. Und bläst auch schön. Und was wir brauchen, liegt da. Sie trauen es sich doch zu ... Sie müssen.«

B. sah auf die Bretter, die Segel; er fror.

»Ich habe zugeschaut, ja ...«

»Dann eilen Sie sich.«

Und er nahm einen Mastbaum mit Segel und fixierte ihn auf einem der Bretter, so wie er es hundertmal beobachtet hatte. Er zurrte und prüfte, die Arme weit auseinander, geschäftig um sich greifend; er ging vor wie ein Besitzer, und eine Stimme rief:

»Mein Segel, mein Segel!«

In die weißgekleidete Gruppe kam jetzt Bewegung. Sie polterte auf den Steg, jemand schwang einen Federballschläger, eine Stablampe blitzte. Und mit einem Schrei sprang seine Urlaubsbekanntschaft ins Wasser; B. mußte handeln. Er nahm Brett und Segel, er warf beides hinunter, in Wellen, die schon Kronen hatten. Dann sah er sich um. An der Spitze der Gruppe lief nun der Junge; ihm folgten zwei Männer in Trainingsanzügen vor dem eigentlichen Pulk. Es waren all die Gäste, mit denen B. noch nie ein Wort gewechselt hatte. Feinde. Er streckte ihnen die Zunge heraus und ließ sich dann fallen wie ein Taucher. Rückwärts, blindlings, in einen eisigen See.

Die dünne Gattin hatte schon das Brett erreicht. Sie versuchte es ruhig zu halten, B. kraulte wie ein Hund darauf zu. Seine Stunde war gekommen. Frau in Not, er zur Stelle. Es fing zu regnen an. Er hievte sich auf das schwankende Brett und ging sofort auf die Knie; er schaute zum Steg. Einer der Männer im Trainingsanzug griff sich die Angelrute, und der Junge hielt den Fisch in die Höhe. Rufe drangen übers Wasser, auch solche der Abscheu.

B. schlang sich das dicke Seil um die Hände, mit dem der Mastbaum aufgerichtet wird. Und während er mit aller Kraft daran zog, kam er nach und nach auf die Beine. Er lehnte sich gegen die Böen. Wasser floß aus dem Segel. Der Wind fuhr hinein. Das Seil schnitt in die Hände. Doch B. zog und zog. Bis er die Haltestange pakken konnte. Bis Mast und Segel standen wie er. Die dünne Gattin zog sich auf das Ende des Brettes. Vom Steg dröhnte eine Stimme herüber. In kurzem Abstand zweimal:

»Wir kriegen euch!«

»Wir kriegen euch!«

B. lehnte sich jetzt weit zurück; er suchte den Wind. Als sich das Segel blähte, schrie er. Das Brett bekam Fahrt. »Wir schaffen es«, rief sie ihm zu, »wir sind unterwegs!«

Daß dies das Glück sei, dachte er und guckte über seine Schulter. Sie lag halb auf dem Brett, Po und Beine in den Wellen. Auf ihren Wangen glänzte Wasser, ihr Mund war leicht geöffnet. Aus den Augenwinkeln sah er, wie der eine Mann weit mit der Angel ausholte. Dann war ein Sirren in der Luft. Er zog das Segel an, das Brett schoß in die Dunkelheit; da fiel etwas auf seine Brust. Ihm war, als glitte ein Eisstück über die Haut.

Es war der Angelhaken, verfangen im Hemd-

stoff, und noch lief die Schnur. B. schüttelte sich, der Haken blieb hängen. Das Segel stand nun steil im Wind. Es wurde fast davongerissen, er brauchte beide Hände. Und der Haken schlitzte das Hemd auf und schliff seine Brust, die dünne Gattin rief, »Schneller noch, schneller!«
Und B. rief zurück:
»Eine Frage!«
»Welche?«
»Könnten Sie mich eventuell lieben?«
»Ich kann Sie nicht verstehen!« schrie sie von hinten, im nächsten Augenblick war die Schnur abgelaufen. B. hörte sein Fleisch. Wie es riß. Und glaubte zu verbrennen, als der Haken hineinfuhr. Doch ließ er das Segel nicht locker; die dünne Gattin aber sah nichts von der straffen Sehne. Sie machte nur Mmm und war voller Leben, während er brüllte.

(1985)

53

Der Badeanzug

War es ein Montag? Ich glaube, ja.

Ich kehrte meiner Frau den Rücken. Sie hatte sich entkleidet und sah hinaus auf den See. Der See war glatt und grau wie der Himmel, ich kannte den Anblick. Es schien keine Grenze zu geben zwischen Wasser und Luft; was fiel einem nicht alles ein. »Schau mich bitte nicht an«, sagte sie.

Ich stand mit dem Gesicht zur Tür, meinen lustigen Hut in der Hand, ohne den ich das Hotel nie verließ. Ja, es war Montag, jetzt weiß ich es wieder – eine Woche vorher war ich fünfzig geworden. Ich hatte alles hinter mir, bis auf das Glück, von dem freilich nicht sicher ist, ob es zum Leben gehört. Was mich sehr ausfüllte, war, in der Schwebe zu bleiben: oft wunderte ich mich, daß ich noch lebte. Es war die Stunde des Spaziergangs, doch nur ich stand bereit. Sie ging auf und ab, das konnte ich hören, vom Nachttisch zur Kommode und wieder zurück. Was dachte sie sich … Sie wußte, daß es an der Zeit war. Und wußte auch, daß ich mich so erst recht nach ihr umschauen würde.

»Träumst du im Stehen?«

»Nein«, sagte ich.

Meine Frau, die immer zuerst sprach (ich betonte das später), lachte kurz auf; mir war klar, was sie im Augenblick tat. Sie strich sich mit den Fingerkuppen über den Bauch, sie entfernte etwas Schmutz aus dem Nabel, sie riß sich ein einzelnes weißes Haar aus. Mir war auch klar, was in ihr vorging. Um sich an so einem Tag die Zeit zwischen drei und fünf zu vertreiben, wäre sie bereit gewesen, jede noch so wilde Gunst zu erweisen. Aus freien Stücken hätte sie die Knie an die Schultern gelegt, zum Beispiel. Sie wiederholte ihren Gang. Linkes Bein, rechtes Bein, linkes Bein; und sonst geschah nichts.

Ich rieb jetzt den Türgriff. Wenn sie wenigstens stillgestanden wäre! Von den Gegebenheiten ihres ruhenden Körpers konnten meine Gedanken mühelos abschweifen – zu einer namenlosen, engelhaften Gestalt, von der ich zu träumen begann, wann immer mir das Leben nicht im Wege stand. Ich drückte meine Stirn an die Tür und roch an dem Holz. Eine große Liebe, was ja doch hieß: ein großes Glück, war das einzige, was ich noch vor mir zu haben glaubte. Als gäbe es ein Recht darauf, so verbissen waren meine Träume davon. »Ist denn schon Zeit?« hörte ich meine Frau sagen.

»Es ist kurz nach drei.«

»So, Viertel vier bald. Weißt du, was ich glaube?

Daß ich dringend einen neuen Badeanzug brauche.«

Ich drehte mich um. Es war das Beiwort dringend, das mich dazu bewegt hatte. Sie stand nun am offenen Fenster, leicht über die Brüstung gebeugt, das Knie des einen Beines sanft in der Kniekehle des anderen; kein Muskel war gespannt, auf ihren Hüften lag ein Schimmer. Von hinten hatte ich sie früher nicht ungern betrachtet. Die Beschaffenheit ihrer Hinterseite hatte mir sogar Freude bereitet. Inzwischen belächelte ich das Gesäß meiner Frau. Ich sah durch die Balkontür auf die Liegewiese. »An was für einen Anzug denkst du?« fragte ich und hielt Ausschau nach meinem Boot, wenn es diese Bezeichnung verdiente.

»Ich denke an einen Einteiler.«

»Könnte dir stehen.«

»Woher willst du das wissen?«

»Reine Vermutung«, beeilte ich mich hinterherzuschicken und sah, wie sie den Kopf herumwarf. Ohne ein weiteres Wort zu verlieren, zog sie sich an. Ihre Bewegungen waren heftig. Sie schloß den Büstenhalter, als verdrehte ihr jemand die Arme. Nun, ich war es nicht; ich stellte mir nur vor, was sie dachte. Bestimmt hatte sie es für möglich gehalten, ich würde, anstatt spazierenzugehen, der Trägheit dieses

Montags nachgeben und mich für ein, zwei Stunden neben sie legen; sie vielleicht streicheln, so von den Kniescheiben aufwärts, und allem, was zwischen dem einen und anderen Bein klopfte, besondere Aufmerksamkeit schenken. Und aus dieser vorsichtigen Hoffnung wurde schlagartig der Wunsch nach einem Badeanzug. Derartige Wünsche erfüllte ich ihr. Warum nicht. Ich entdeckte mein Boot. Es war aus Gummi und lag ohne Luft da, als könnte es nie wieder fahrtüchtig werden. Ich hob den Blick. Nur selten war der See so vollkommen glatt, und ich stellte mir vor, daß diese weite Scheibe eine einzige Hautfläche wäre, die Haut meines Engels. Ein feines Splittern unterbrach mich in diesem Gedanken. Es waren die Nägel meiner Frau: Sie schloß ihre Knöpfe an Bluse und Rock.

Offenbar hatte sie Mühe damit. Die Finger gehorchten nicht ganz. Sie schien noch nicht aufgegangen zu sein in ihrem Wunsch nach einem Badeanzug. Sie fragte sich wohl, weshalb die Lust in ihr nicht so zusammengefallen war wie das Gebäude der Liebe. Da existierte noch ein Juckreiz im Hinblick auf mich, vor allem in den Nachmittagsstunden. Ihre Fingerknöchel waren fast weiß von der Gewalt, mit der sie knöpfte. Sie sah mich an, und ich zeigte ihr ein fremdes Gesicht. Ich lächelte sanft. Dann setzte ich meinen lustigen Hut auf. Er war aus buntem Stoff und hatte die Form eines Feuerwehrhelmes. Vielleicht sollte ich mir auch etwas gönnen, war mein nächster Gedanke. Gäbe es für Männer noch Badeanzüge, ich würde sie kaufen. Alles, was den Körper verbarg, war mir willkommen. Meine Figur war, wie man sagt, pyknisch, und von Jahr zu Jahr wuchs die Zahl der athletischen Gäste. Ich verachtete diese Naturen, deren Geschlecht mir weder männlich noch weiblich erschien, sondern sportlich. Es war eines der wenigen Gefühle, das ich mit meiner Frau angenehm teilte. Wir machten beide unsere Witze, kam jemand mit Wespentaille oder prächtigen Schultern vorbei. Meine Witze waren dumm, ihre waren bitter.

»Wir können«, sagte sie.

Vom Hotel bis zum Ortskern waren es nur ein paar hundert Meter. Man ging am See entlang, vorbei an glücklosen Anglern, vorbei an Brettseglern, die das unbewegte Wasser anschauten. Ein Fahrradfahrer überholte uns, hinter ihm saß ein Kind mit Kapuze; ein Geistlicher kam aus der Gegenrichtung. Alle Sommergäste schienen zu schlafen. Trotz guter Lage war der kleine Ort B. kein besonders lebhafter Flecken. Es kam auch nur ein einziger, etwas abseits gelegener Laden in Frage, *Weltmode* stand über dem Fenster. Eine kurze, steile Treppe führte zum Eingang hinunter; der Laden war früher ein Keller gewesen, das sah man. Ich nahm meinen Hut ab und achtete auf die Stufen. Im Kreuz spürte ich die Hand meiner Frau. Sie drängte, wie immer. Als ich eingetreten war und den Kopf wieder hob, sprangen mir die verschiedensten Rottöne ins Auge. Grellrote Stoffbahnen bedeckten den Boden, an scharlachrote, wie Segel gespannte Tücher waren Einzelstücke geknüpft, mit dunklem Krapplack hatte man den Putz gestrichen, zinnoberrot war die Kasse, hinter der niemand stand. Wir waren allein – mit Badeanzügen und Blusen, mit Hemden und Gürteln, einem Korb voller Shorts, mit bunten Turnschuhen und allerlei nutzlosem Kleinzeug; und einer Stellwand, von der das obere Teil eines Leibchens herabhing, als müßte es jeden Augenblick fallen. Es war still in dem Raum, meine Frau sah mich an.

»Du solltest dir auch etwas kaufen.«

»Und was?«

»Shorts vielleicht.«

»Du weißt, ich habe keine Beine.«

Ich ging in einem Bogen auf die Stellwand zu, meine Frau lief zu den Badeanzügen. Ich behielt sie im Auge. Mit Handbewegungen, als teilte sie Ohrfeigen aus, fegte sie Bügel um Bügel, an denen Anzüge hingen, über eine metallene Stange. Blitzartig schien sie sich um jedes Modell Gedanken zu machen. Was verhüllt dieser Anzug, was läßt er unbedeckt? Wo lenkt er ab, an welcher Stelle erregt er Aufmerksamkeit? Verwischt er die Mängel, betont er sie gar? Nach solchen Gesichtspunkten mußte sie wählen. Das erforderte Vorstellungskraft, aber auch ein rigoroses Bild von sich selbst. Irgendwie tat sie mir leid. Ich wandte mich um und sah auf das Leibchen. Es mußte jemand abgelegt haben, der hinter der Wand war; ganz deutlich hörte ich ein Knistern, als würden sich Haare entladen. Ich roch an dem Stoff. Er duftete – ich wußte nicht, wonach. Gedankenverloren schnupperte ich noch ein paarmal daran. Bis mich ein kurzer, unvergleichlicher Schrei meiner Frau aus dieser Art Schwebe herausriß: das schreckliche Zeichen, daß sie sich in ein Ding verliebt hatte. Mit einem Auge schaute ich über die Schulter. Sie hielt sich einen schwarzweiß gestreiften Anzug vor ihren Körper, das eine Bein etwas streckend, als gäbe es da einen Zusammenhang zwischen beidem. »Wenn hier bloß jemand wäre«, klagte sie, und eine junge Stimme rief: »Moment noch.«

Das Leibchen wurde weggezogen, und in dem

Spalt zwischen den Flügeln der Wand wurde es abwechselnd dunkel und hell. Dieses winzige Schauspiel aus Schatten und Licht beschleunigte meinen Puls. Mehr brauchte ich gar nicht zu sehen – mein Bild von dem Wesen hinter der Stellwand stand fest. Es war das Bild, das ich schon ewig in mir trug, in meinem Herzen oder wo auch immer. Solange ich zurückdenken konnte, gab es diese engelhafte Gestalt, mit der ich die Möglichkeit verband, endlich lieben zu können. Es war eine Vorstellung, die weniger der Sehnsucht nach einem bestimmten Menschen entsprach als dem Heimweh nach einer Landschaft mit ihren Farben und Formen, ihren Gerüchen und Klängen. Auf die übliche Enttäuschung war ich gefaßt.

Beide Hände im Haar, kam ein Mädchen hinter dem schmaleren, leicht nach innen gewinkelten Flügel hervor. Es trug das Leibchen, dazu flache Schuhe. Sie waren himbeerfarben, wie ihre kurze, lockere Hose. Ich wählte eine der offenen Achseln und starrte dorthin; ich konnte dem Mädchen kaum ins Gesicht sehen. Selbst auf den zweiten Blick gab es keine Enttäuschung. Schwindel befiel mich, wie nach zu raschem Aufstehen. Den Namen meiner Frau auf der Zunge, hob ich den linken Unterarm über die Augen, als wollte ich mich vor der Sonne schützen. Ich sah das Zifferblatt meiner Uhr. Es war gegen drei Viertel vier.

»Ja bitte«, sagte das Mädchen.

»Wir möchten einen Badeanzug.«

Ich ließ den Arm etwas sinken und fing sofort einen Blick meiner Frau auf. Sie hatte Wir gesagt, um Front zu machen gegen das Mädchen; sie betrachtete es jetzt von der Seite. In ihren Augen war es sicher ein Mädchen von unauffälligem Aussehen. Weder groß noch klein, weder hellhäutig noch dunkel, nicht schmal und nicht kräftig. Es hatte nichts Hervorstechendes und nichts Gewöhnliches an sich, und so war es wohl am erstaunlichsten, daß es überhaupt existierte.

Meine Frau drehte sich weg. Ich sah, wie sie Luft holte und den gestreiften Anzug gegen das Licht hielt, das von der Gasse in den Laden fiel; es war ein Licht, das einem alle Mühe machte, über den Augenblick hinaus zu denken. Sie seufzte, und das Mädchen ging auf sie zu. Es streckte eine Hand aus und warf den Kopf in den Nacken. Es bot sich an, den Anzug vorzuführen. »Gott«, sagte ich leichthin, »so sieht man ihn mal.«

»Freilich«, ging meine Frau darauf ein. »Es hat etwas für sich.« Und beide nickten wir kurz. Das Mädchen trat hinter die Wand. An das Ladenfenster flog ein Steinchen. Aber es war niemand zu sehen. Dann hörte ich Schleifen von Stoff über Haut, auch Atemgeräusche und knisterndes Haar, eine Art von Musik. Und je mehr ich mich zwang, den Vorstellungen, die sie hervorrief, keine Beachtung zu schenken, desto ausgelieferter war ich ihnen bereits. Keiner von uns dreien sprach. Eine Lampe, die neben der Kasse stand, wurde sekundenlang schwächer. Ich kehrte meiner Frau den Rücken.

Plötzlich fragte ich wie nebenbei: »Sind Sie allein hier?«

»Ja«, rief das Mädchen.

»Aber sind nicht aus dieser Gegend?«

»Nein«, rief das Mädchen.

»Aber führen hier den Laden ...«

»Während des Sommers!«

Mehr wollte ich nicht wissen. Mehr hätte nur gestört, am meisten ein Name. Ihr Leibchen fiel über die Kante der Stellwand, fast wäre es zu Boden gefallen. So wie vorhin drohte es jeden Moment herunterzurutschen – ich sah darin ein Zeichen, das mir zugespielt worden war. Meine Augen wurden naß. Das, was man Liebeswahn nennt, begann von mir Besitz zu ergreifen. Ich trat ein paar Schritte zurück, und das Mädchen erschien in dem schwarzweißen Anzug. Der Stoff sah wie auf die Haut gemalt aus: nichts von der Parodie eines Zebras, was ich bei meiner Frau befürchtet hätte. Das Mädchen drehte eine kleine Runde, es zeigte sich von allen Seiten.

»Was sagst du?« wurde ich gefragt.

»Ich finde, er ist gut geschnitten.«

»Du weißt, ich habe keine Brust.«

Dem widersprach ich nicht. Langsam schritt ich um diesen Engel herum, der nun abwartend dastand, meine Frau faltete indessen die Hände, ihre Knöchel leuchteten wieder; ihr Blick sprang hin und her, von mir zu dem Mädchen und hastig zurück. Es konnte ihr nicht entgehen, wie ich schaute. Ich zeigte nicht jene Art Träumerei, aus der sie mich sonst immer zu wecken vermochte. Nein, ich sah, was ich sah. Und ich sah es nur mit den Augen. Das Mädchen lächelte. Es glitt auf die Theke neben der Kasse und sagte, die Badeanzüge seien in allen Größen vorhanden. Was hier ausliege, entspreche nur ihrer eigenen Größe. Der Laden sei nun mal klein.

»Aber sehr schön dafür«, fügte ich leise hinzu, während meine Frau einen gelben Einteiler mit tiefem Rückenausschnitt gegen das Licht hob.

»Wie findest du den hier?«

»Man müßte ihn sehen.«

Und ganz im Vorbeigehen nahm das Mädchen den Anzug und verschwand wieder hinter der

Stellwand. In der Gasse tönte eine Fahrradklingel. In dem Spalt zwischen den Flügeln begann der Wechsel zwischen Dunkel und Hell. Ich achtete auf meinen Herztakt. Es war, als stiege ich Treppen. Nie hatte ich mich so beteiligt gefühlt. Es gab ja nur drei Dinge im Leben, für die ich Interesse empfand. Die engelhafte Gestalt, nach der ich mich sehnte, den Tod und meinen unglücklich ausgefallenen Körper. Von der Engelsgestalt hatte ich nie eine exakte Vorstellung besessen, und mit einemmal war sie da. Ebensowenig vorstellbar war mir der Tod gewesen, und nun hatte ich einen Begriff davon, was es hieße, ausgelöscht zu werden: träte dieses Mädchen wieder aus meinem Leben. Allein mein Körper hatte mir von jeher ein Bild geboten, das nicht mehr klarer werden konnte – der Block, in dem ich steckte. Ich drehte mich um und ging durch den Laden. Bis meine Frau mir in den Weg trat. Sie vermied es, mir in die Augen zu sehen. Ich glaube, der Glanz in meinen Augen flößte ihr Grauen ein, diese plötzliche seelische Kraft. Sie war ja nur mit meinen Schwächen vertraut, auch mit dem Traum vom Engel. Es war abgemacht zwischen uns, daß ich davon reden durfte, so oft ich es wollte. Das erleichterte mich und kostete sie bloß ein Nicken; so war das bisher. Jetzt nickte ich, langsam und fortwährend.

Meine Frau sah mich an. »Ich weiß, was du denkst.«

»Das macht es mir leichter.«

Darauf sie: »Aber du irrst dich.«

Darauf ich: »Das hättest du gern.«

Sie wieder: »Was macht dich so sicher?«

Und ich: »Die vielen kleinen Muskeln in deinem Gesicht.«

Nun sah sie mich doch an, und ich nahm eine Hand vor den Mund. Ich verbarg den weibischen Zug der Verliebten. Ein paar ermüdende Sekunden verstrichen. Wir standen unbewegt da. Ein weiterer Steinsplitter flog gegen die Scheibe. Dann rief das Mädchen, »ich bin soweit«, und kam auf uns zu. Es drehte sich, es ging auf den Zehen, es hob seine Arme. Der tiefe Rückenausschnitt reichte bis zum Steiß, man sah den Anfang eines feinen Schattens, einer Körperstelle, der ich mich hätte ganz und gar anvertrauen können.

»Wenn Sie das passend haben«, sagte meine Frau.

Das Mädchen lächelte wieder. Anstatt zu antworten, bückte es sich und schlug eine der Stoffbahnen, die den Boden bedeckten, zurück. In breite Dielen, die zum Vorschein kamen, war eine Tür eingelassen. Mein Engel klappte sie hoch, man sah eine Stiege und unten Regale;

rückwärts nahm das geliebte Wesen die Stufen, ich zwang mich, meine Frau anzuschauen. Über ihren Scheitel hinweg fiel mein Blick auf die Gasse, die auf halber Höhe des Schaufensters lag.

Ich sah den Unterkörper eines Kindes. Es stand auf einem Bein, wie festgenagelt, bis es einen Hüpfer tat und danach wieder regungslos dastand. Es spielte Himmel und Hölle, und meine Augen hingen jetzt an diesem einzelnen Bein. Erst ein Knarren löste mich von dem Bild. Mit dem gelben Anzug in passender Größe im Arm kehrte das Mädchen über die hölzerne Stiege in den Laden zurück. Es breitete ihn aus und trat beiseite.

»Den solltest du probieren«, sagte ich und griff nach dem Preisschild am Träger. Das Mädchen öffnete ein Schubfach und entnahm eine Schere. Es wollte das Schildchen entfernen. Doch meine Frau trat dazwischen. »Ist mir zu gelb«, waren ihre Worte. Und damit wandte sie sich wieder den aufgereihten Einteilern zu, und ich sah ihr an, was sie dachte.

Wozu noch ein hautenger Badeanzug? Wo doch sein Engel jetzt aufgetaucht ist. Wie er ihn ansieht ... Ich schaute entspannt. Ich bot einen Anblick, der es ihr nicht mehr möglich gemacht hätte, mich ins Unrecht zu setzen. Geh, laß mich, würde ich in Zukunft sagen, in diesem leichten Ton: Geh, laß mich ... Sie nahm einen dunklen, hochgeschlossenen Anzug vom Bügel, sie schwenkte ihn. »Könnten Sie uns den vielleicht zeigen?« Und mein Engel legte die Schere auf die Kante der Stellwand und nahm den Anzug und ging. Wieder knisterte es. Ich faltete die Hände auf dem Rücken. Meine Frau hustete leise. Der Kamm dieses Nachmittags war erreicht.

»Wolltest du dir nicht auch etwas kaufen?«
Ich lief zu dem Korb voller Shorts. Ohne zu wählen, griff ich mir eine der knielangen Hosen. Sie war kariert und hätte früher ausgereicht, um ein ganzes Zirkuszelt zum Lachen zu bringen; ich würde auch heute, in unserer lächerlichen Zeit, wie ein Narr darin aussehen. Meine Frau nahm sie mir aus den Händen. Von hinten um mich herumgreifend, hielt sie das kompromittierende Stück wie ein Lätzchen vor meinen Bund. Ich suchte nach einem grundsätzlichen Einwand gegen die Hose. Und als ich eben sagten wollte, sie sei einfach zu klein, kam meine Frau mir, wie immer, zuvor. »Todschick«, hieß ihr Urteil.
Danach fiel kein Wort mehr, bis das Mädchen in dem hochgeschlossenen Anzug erschien. Vor-

wärtsschreitend, zog es mit beiden, unter den Stoff geschobenen Daumen den Schritt etwas tiefer (ein Bild, das mich verfolgen sollte). Ich nahm die Shorts wieder an mich. Ich knüllte sie, um mich nicht sonst zu vergreifen. Das Mädchen schaute mich an. Mit ihm zu leben, schied ja von vornherein aus. Wo überhaupt? Wie? Ja, mit welcher Begründung? Auf Grund welcher Vorzüge meinerseits ... Ich suchte den vernünftigen Blick meiner Frau. Ich sah mich daheim – mit schwerem Geist durch unsere Wohnung gehend, an Wochenenden, die sich schleppten: Ich sah mich vor Sehnsucht vergehen.

»Den Anzug da«, sagte ich, »solltest du nehmen. Mit Dunkelblau macht man nie etwas falsch.«

»Wenn du die Shorts für dich kaufst.«

Sie nickte mir zu. Es war mein Nicken, das sie vorwegnahm. Dann bat sie um den Anzug in ihrer Größe, und mein Engel stieg ins Lager. Und da dachte ich: Auflösen müßte er sich. Nur dagewesen sein sollte er, nicht aber Fortbestand haben; was war schon Trauer gegen Sehnsucht? Das ganze Leben war traurig. Ein Geräusch schreckte mich aus diesen Erwägungen hoch. Die Tür war aufgegangen, ein Kind stand im Laden.

Es war das Kind, das Himmel und Hölle gespielt hatte, ich erkannte es an seinen Strümpfen. Es trug ein Regencape mit Kapuze und wirkte steif.

Aus einem runden Gesicht sahen mir schmale Augen entgegen. Über der kleinen Nase war ein deutliches Fältchen, durch die Schläfenmulden zogen sich Adern.

»Wie spät isses denn bitte?«

Ich hob meine Hand. Obgleich ich Zeit so zuverlässig im Gefühl habe wie leichtes Fieber, warf ich einen Blick auf die Uhr.

»Halb fünf ist es, halb fünf.«

»Genau halb fünf?«

Ich sah erneut auf die Uhr und hörte ihr Ticken. Es mußte ungewöhnlich still sein, schloß ich daraus.

»Eine Minute vor halb fünf ist es. Warum willst du es denn so genau wissen?«

Das Kind wandte sich wieder zum Gehen.

»Möchtest du dich denn gar nicht bedanken für diese Auskunft?« rief meine Frau hinterher.

»Danke.«

Das Kind zog gelassen die Tür auf, und ich setzte ihm nach. Ich erreichte es auf den Stufen zur Gasse, um Haaresbreite hätte ich es festgehalten; ein feiner Regen fiel.

»Warum wolltest du die Uhrzeit so genau wissen?«

Das Kind drängte sich an mir vorbei, die Kapuze glitt nach hinten.

»Was bist du, ein Junge?«

Es sah mich an, und ich schaute zu Boden, auf seine kleinen schwarzen Schuhe. »Ich warte dort vorn«, sagte es, als sei ich sein Vater, und ließ mich dann einfach so stehen. Ich konnte nichts tun. Ich hielt noch immer die Shorts und konnte nicht einmal rufen: Moment ... Rückwärts nahm ich Stufe um Stufe nach unten. Daß ich etwas ausgeschlagen hatte, schoß mir durch den Kopf. Ein Angebot zur Rettung.

»Wolltest du fort?«
»Ich, fort, warum?«
Meine Frau trat hinter die Kasse; ich sah, wie der Kopf des Mädchens erschien. Es kehrte aus dem Lager zurück, den hochgeschlossenen Anzug im Arm. Wortlos nahm es die Schere von der Kante der Stellwand und schickte sich an, das Preisschild abzuschneiden. Da kam die Hand meiner Frau. Sie stoppt das Mädchen. »Er möchte erst diese Hose probieren.«
Ich sah ihr bebendes Kinn, und wieder hatte sie mein Mitleid, und ich trat mit der Narrenhose hinter die Stellwand. Dort hingen Söckchen und Wäsche über dem Rahmen eines Spiegels; ich roch an beidem, wie an Blumen. Die Wäsche duftete nach mildem Herbst, nach Fallobst in der Sonne. Ich schnaufte jetzt, ich berauschte mich an dem Duft. Und sicher hörte mich meine

Frau, wie nachts, wenn ich neben ihr wach lag; mehr, dachte sie wohl, bliebe nicht übrig – an ihrer Seite dieses Schnaufen. Aber vernünftig, wie sie war, dachte sie den Gedanken nicht zu Ende, sondern vertrieb ihn mit Erinnerungen. Und die gab es schon. Mit was für einem Willen hatte sie mich früher an sich gepreßt, die Füße über mir gekreuzt, meinen nassen Kopf in den Armen – dieses Köpfchen, zu dem sie von nun an keinen Zugang mehr hätte!

Ich stand jetzt auf einem Bein, Gleichgewicht suchend, um dann mit einem Ruck aus der herabgelassenen Hose zu steigen. Gewiß, ich war ein Monstrum: Da gab es drei, vier grobe Wünsche neben drei, vier groben Ängsten. Aber auch ein Monstrum gewinnt andere lieb, was ebenso für meine Frau galt. Etwas nach vorne taumelnd, kam ich schließlich aus der Hose. Ich stand im Hemd da und verpustete.

»Und? Passen sie?« hörte ich ihre Stimme.

»Ich weiß es noch nicht! Hast du was gefunden?«

»Nein, es ist zum Verrücktwerden!«

»Dann solltest du weitersuchen!«

»Wenn du die Hose probierst!«

»Das kannst du haben!«

Wir hatten schon lange nicht mehr so lebhaft miteinander gesprochen. Ich bückte mich und stieg in die Shorts. Ich zerrte sie nach oben. An den Schenkeln wurde es knapp, ich wandte Gewalt an. Es gab ein leises, häßliches Geräusch – der Stoff war geplatzt. Nun kam es auf nichts mehr an, dachte ich, nun könnte man ebenfalls platzen. Ich sah in den Spiegel. Der Riß war lang und breit, die Shorts waren hinüber. Aus reinem Trotz behielt sich sie an. Nach und nach hob ich den Blick und begegnete meinem Gesicht – da ertönte ihr Schrei: Sie hatte sich also schon wieder in etwas verliebt. Ich drehte mich um und schaute durch den Spalt zwischen den Flügeln der Stellwand. Wie ein Stück Beute hielt meine Frau einen Gürtel in der Hand und blickte dabei auf das Mädchen. Und wieder ahnte ich ihre Gedanken. Was ist denn schon dran an dem Wesen? Ein wenig Fett und die Knochen, Haare, Lippen, Augen, Näschen, Wangen und ein Kinn; das meiste ist ohnehin Wasser. Und trotzdem hat es Gestalt. Man kann es aufsuchen und es betrachten, und wenn es nur im Urlaub geschähe, einmal im Jahr. Den Herbst und Winter über könnte man sich erinnern daran und ab März darauf freuen …

»Was kostet der?« rief sie.

Mein Engel nahm ihr den Gürtel sanft aus der Hand und ging damit zur Kasse. »Keinen Badeanzug?«

»Nein.«

Meine Frau sagte das ohne Bitterkeit und ging dann ebenfalls zur Kasse, wobei sie einen Umweg machte.

»Und wie stehen dir die Shorts?«

»Sie passen zu mir.«

Ich war nun ganz dicht an dem Spalt. Das Mädchen griff sich ins Haar. Ich sah ihre schattige Achsel und in dem Dreieck, das zwischen Armbeuge und Kopf entstand, meine Frau: Wie ihre Augen die Schere erfaßten. Kauft sie also doch etwas, dachte ich und wollte den Mann sehen, der für ihre Wünsche bezahlte. Ich sah mich und sah meinen Engel im Spiegel: Er war halb hinter die Stellwand getreten, als wollte er rasch aus dem hochgeschlossenen Anzug heraus, ein Träger hing schon über der Schulter.

Komm, wollte ich sagen, komm nur zu mir. Ich warte ... Wange und Lippen des Mädchens erschienen im Spiegel, auch etwas von der Umgebung des Auges, und all das übte stärksten Zwang auf mich aus. Ich liebte es blind in diesem Moment, und mir war, als sähe ich einen Abglanz meiner Gefühle auf seinem Gesicht. Es lächelte mir zu. Als nächstes sah ich, wie der Spiegel beschlug. Ich rieb ihn ab und glaubte, Hals und Haar meiner Frau zu erkennen, auch ihren Arm und eine Hand. Ich wollte ihren Namen rufen, aber es ging nicht; sekundenlang war mir der Name entfallen. In diesem Zeitraum kam sie näher und sah, ganz anders als ich, die Dinge wahrscheinlich mit jedem Schritt schärfer. Was für mich jetzt hinter Schleiern lag – mein Engel mit dem losen Träger –, war ihr so deutlich vor Augen, daß es am Ende dastand wie ein Zeichen. Ich glaube auch, sie suchte meinen Blick – aber da war bloß ein Starren. Ich wollte mich herumwerfen, doch meine Knie gaben nach; das Mädchen schien mir entgegenzustürzen. Und halb im Fallen nahm ich die Faust meiner Frau wahr: wie sie zustieß mit der Schere.

Ich taumelte weiter, ich fing mich an ihr, sie bot mir hilfreich den Arm. Und ich sah mich dastehen, als Umarmter, und dachte: Das war mein Leben. Ich hielt den Atem an und schaute. Es gab nichts mehr zu tun, so mein Eindruck. Was jetzt noch käme, wäre nur die Zeit danach. Ich hoffte auf ein Wort von ihr, doch sie sagte kein Wort, und ich bekam Angst; jetzt erst Angst (wie ich es später hervorhob). Angst und dieser Griff um mich, diese fünf gefeilten Nägel in meiner Seite. Ihre andere Hand hing herunter, mit weißen, offenen Fingern; die Schere saß tief im Rücken des Mädchens.

Es schwankte, fast wie zu leiser Musik. Es schrie nicht, und da war auch kein Blut; ein kehliger

Ton, das war alles. Endlich sackte es ein und kippte vornüber, mit hohlem Kreuz, und ich sah, wie es die Stiege hinabfiel, bis in das Lager, ohne Gepolter. Gleichzeitig spürte ich einen Stich in den Augen, als hätte ich mir ein dickes Haar aus der Nase gerissen, und meine Frau murmelte etwas. Es klang wie mein Name, mir wurde schlecht; glücklicherweise ließ sie mich los. Sie bückte sich und schloß die Öffnung im Boden. Mit der Schuhspitze schob sie die zurückgeschlagene Stoffbahn wieder darüber, sie glättete die Falten. Was konnte ich tun?

Ich holte meine Hose, ich zog erste Schlüsse. Nicht spazierengegangen zu sein war der Fehler gewesen. Von nun an kein Tag mehr ohne Spaziergang! Das sagte ich mir und stieg in die Hose und blieb auf einem Bein stehen. Ich konnte die Balance halten, ein Gefühl von Dank ließ mich seufzen. Irgendwie hatte ich überlebt. Zwar wäre nichts mehr wie vorher, doch spürte ich schon die neue Schwebe in mir. Mit ein wenig Beeilung könnte man noch den Cappuccino zur gewohnten Zeit nehmen. Ich schaute, daß ich fertig wurde; Knöpfe schließend trat ich meiner Frau entgegen, und sie machte »Hm?«, so wie ich sonst vor gemeinsamem Aufbruch.

Wir verließen den Laden.

Es hatte aufgehört zu nieseln, aber man konnte

das Pflaster noch riechen. Auf den ersten Blick war die Gasse ganz leer. Dann sah ich das Kind. Es stand in einem alten Haustor, bei einem umgefallenen Fahrrad, ein Stück zerschlagenes Glas vom Katzenauge zwischen den Fingern. Ohne uns abzustimmen, blieben wir vor dem Kind stehen. Es sah mich an.

»Ist es schon fünf?«

Ich warf einen Blick auf die Uhr.

»In einer halben Minute; hast du das Rad umgeschmissen?«

Über der kleinen Nase des Kindes erschien wieder die Falte. Es schwieg, und mir graute vor ihm.

»Wo sind deine Eltern?«

Ich fühlte die Hand meiner Frau.

»Ist es nun fünf?« Das Kind blickte unverwandte zu mir auf, und ich schaute erneut nach der Zeit. »Jetzt ist es fünf vorbei ...« Da sah es mich durch das rote Glasstückchen an, und ich spürte den Wunsch, ihm die Scherbe in das geöffnete Auge zu stoßen. Ich bebte vor Erregung und kannte mich kaum, meine Frau schob mich weiter, durch belebtere Gassen.

Obschon noch einige Menschen zu sehen waren, hatte ich das Gefühl, durch eine verlassene Ortschaft zu laufen. Vor zwei Frisörgeschäften standen die Frisöre, jeder sah in eine andere

Richtung. Ein Mann trug ein Fernsehgerät über die Straße, eine Frau schloß ihren Mantel. Alle wahren sie den Schein, dachte ich und glich mich dem Schritt meiner Frau an. Wir gingen zurück zum Hotel, wieder am Ufer entlang, wieder an müßigen Brettseglern und glücklosen Anglern vorbei. Auf dem Kiesweg, der unter Weiden verlief, wurde beim Ausschreiten Steinstaub verwirbelt; ich sah mal auf den Boden, mal in die Luft. Es gab diese Wölkchen über dem Kies, und es gab Schleier aus schwärmenden Mücken. Und je mehr ich solche Feinheiten wahrnahm, desto lebhafter stellte ich mir etwas Gewaltiges vor, einen schwarzen Orkan, mit dem jede Kompliziertheit des Lebens verschwände, wenn nicht das Leben überhaupt. Der Weg wurde breiter, man sah das Hotel. Erst eine Urlaubswoche war vorüber, drei standen noch bevor; und mir fiel ein, daß ich die Shorts noch unter meiner Hose trug. Eine Asphaltdecke löste den Kies ab. Dadurch gingen wir leiser und hörten das Klatschen springender Fische. Warum krachte kein Donner? Aber genausogut hätte ich fragen können: Wer bin ich.

Meine Frau sagte etwas zu mir. Ihre Worte waren: »Möchtest du erst noch aufs Zimmer?«
Und ich verneinte.

Denn es war höchste Zeit. Am Rande der Liege-wiese, wo einige Tische standen, nahmen wir mit etwas Verspätung unseren Siebzehnuhr-Cappuccino. Ich sah auf mein Boot. Ich be-schloß, endlich Flickzeug zu kaufen, während ich vorsichtig abtrank; meine Frau verschüttete indessen die Haube aus Schaum. Auf ihrem Rock wuchs ein Fleck. »Was ist mit deiner Hand?« fragte ich und sprach so zum ersten Mal vor ihr.

»Nichts. Es ist alles in Ordnung.«

»Aber ich habe doch Augen.«

»Dann schau mich bitte nicht damit an«, sagte sie und sah hinaus auf den See. Ich wandte mich ab, ich ahnte jeden ihrer Gedanken. Ihr ging die-ser Fleck durch den Kopf – fast schon ein Grund, um einen neuen Rock zu kaufen. Und dabei dachte sie an morgen. Morgen würde sie nach Malcesine fahren, dort gibt es viele Läden. Und in einem dieser Läden fände sie einen Bade-anzug, und zwar genau den, der ihr stünde. Er müßte ihren Rücken zeigen, nicht aber die Rip-pen, er müßte den Oberkörper scheinbar ein wenig verlängern und die Schenkel in ihrer Wir-kung um eine Spur kürzen; ferner die fehlende Brust überspielen und ihr Gesäß aus der Welt schaffen, so gut es ging. Dabei sollte er nicht zu fade aussehen, aber auch nicht zu frech. Beige

müßte er sein, mit einem hellblauen Tupfer vielleicht. Und in diesem Modell flanierte sie dann
hier auf und ab, mit beiden Daumen zöge sie im
Gehen den Schritt etwas tiefer … Vor meinen
Augen verschwammen die Dinge, kann sein,
daß ich weinte; sie sagte noch einmal: »Schau
mich nicht an.«
Und ich kehrte ihr den Rücken, sah über den
See, auf dieses glasglatte, ewige Grau. Ja, es
schien wirklich keine Grenze zu geben zwischen
Wasser und Luft; was fiel einem nicht alles
ein!

(1987)

Vierzig werden

An meinem vierzigsten Geburtstag regnete es. Ich würde das unerwähnt lassen, wenn nicht auch die wenigen Eingeladenen, als hätten sie sich abgesprochen, ferngeblieben wären. In einer gemieteten Wohnung am Ostufer des Gardasees hoffte ich bis zum Nachmittag auf das Erscheinen der Gäste. Ab zwei Uhr begann ich damit, mir alle Hoffnungen aus dem Kopf zu schlagen; es war ein Sonntag, das kam dazu. Kurz nach drei verließ ich die Wohnung. Ich ging in das benachbarte Hotel, setzte mich in die Cafeteria und verfolgte am Bildschirm das Endspiel der offenen englischen Meisterschaften von Wimbledon. Ein dummer Zufall hatte es gewollt, daß dieses Finale, unter Beteiligung eines Deutschen, dessen Vater ich sein könnte, ausgerechnet auf meinen vierzigsten Geburtstag fiel. Es war ein Elend: Der deutsche Blondschopf war jung und wurde bejubelt, und ich wurde alt und war einsam.

Meine Einsamkeit legte sich auch nicht mit den vielen Landsleuten um mich herum. Im Gegenteil. Sie kannten ja nur ihren Siegfried mit Rakket, mich kannte niemand. Wenn sie klatschten, klatschte ich auch – ein Reflex. Ich hielt sogar Daumen. Die meisten Ballwechsel waren kurz.

Man blies sich in die Handschalen und zack, Return und Punkt; die Herzogin von Kent lächelte müde. Sie erinnerte mich an Mamachen. Der Blonde kämpfte und kämpfte. Er erschien mir wie das verkörperte vierte Gebot – ein selbstbewußter Sohn, an dem sich die Götter die Zähne ausbeißen. Ich ertrug es nicht länger, ihm zuzuschauen, und blickte in der Cafeteria umher.

Fast alle Männer waren in meinem Alter; nicht in den besten Jahren, sondern in den lächerlichsten. Sie plapperten die Ausdrücke ihrer Sprößlinge nach und trugen noch blütenweißere Sportkleidung als ihre Frauen. Was heißt Frauen – durchtrainierte, sonnenverbrannte, magersüchtige Wesen, nur mit einem Gedanken beschäftigt: Wie aufregend das Leben sein könnte, wenn *sie* Mutter eines Asse schlagenden Wunderkinds wären. Und da gehörte ich nun irgendwie dazu, mit meinen geschlagenen vierzig Jahren! Es war so hoffnungslos, daß ich schon drauf und dran war, mich wieder für den Endkampf zu begeistern; da traf mich ein Blick. Es war der Blick einer Frau, der einzigen nicht sportlich gekleideten Person außer mir. Wie eine Komplizin sah sie mich an, und im selben Moment fühlte ich, daß dieser Tag noch nicht verloren war.

Aus ihren Augen sprach eine bestimmte Passion. Was für die anderen der Bildschirm war, war für sie mein Gesicht. Sie schien etwas darin erkannt zu haben, aber nur der Gestalt nach. Ich bedeutete ihr nichts – ich erfüllte Bedingungen. Ein einfacher Vorgang, den die moderne Waffentechnik kopiert hat: Intelligente Geschosse suchen sich ihr Ziel, indem sie die Landschaftsoberfläche mit einem eingegebenen Programm vergleichen. Sind genug Bedingungen erfüllt, dann funkt es, wie beim Begehren – unsere Waffentechniker haben sich auf ihre menschlichste Seite gestützt. Aber zurück zu mir. Es hatte gefunkt, ich war ein klar erkanntes Ziel. Was nun? Sicher könnte man einwenden, es sei doch erfreulicher, das Endspiel von Wimbledon zu verfolgen (unter Beteiligung eines Deutschen), als seinen vierzigsten Geburtstag in der Rolle eines Objekts zu beschließen – akzeptiert, nur ich sehe es anders. Denn ich bemerkte sofort die Art der Passion. Es war dieser jähe Wunsch, sich irgendwo rasch zu vereinen. Es noch vor Ablauf des Finales zu tun, gleichsam im toten Winkel des blonden Idols. Und ich erwiderte den Blick; wir waren Gleichgestimmte. Bei fünf zu vier verließ ich meinen Platz und trat hinaus in den Regen.

Ich trat in eine tiefgraue, nasse Welt. Der See

war unruhig, von einer Farbe, die es nicht lohnt zu beschreiben. Verwegene Windgleiter vollführten ihren Tanz mit Segel und Brett. Das schroff emporsteigende andere Ufer, ein Felsmassiv von siebenhundert Metern Höhe mit einem Kloster auf dem Grat, war in den Wolkenschwaden fast verschwunden. Das schlechte Wetter kam von Norden. Es würde tagelang so bleiben, mit kalten Füßen auch in der Wohnung, trotz doppelter Socken. Neben mir seufzte jemand leise. »Man könnte fast wahnsinnig werden ...«

Ich drehte meinen Kopf ein wenig – und da stand sie und fror.

»Ja, das könnte man wirklich.«

»Oder man stemmt sich dagegen.«

Regentropfen liefen ihr über die Wangen. Im Hintergrund wurde gestöhnt. Es war dieses fassungslose Stöhnen nach einem Passierschlag, der genau an der Linie entlangging.

»Womit?« fragte ich.

»Man könnte seine Träume ausleben.«

Wir machten ein paar Schritte im knirschenden Kies. Ob das nicht Illusion sei, gab ich zu bedenken; es war ein rein rhetorischer Einwand, und sie lächelte nur. Ich spürte kurz ihren Arm. Wir verließen das Hotelgelände. »Manchmal gerät man beim Träumen in schärfsten Gegensatz zu sich selbst«, sagte ich und schaute sie an. Sie trug einen Trench und lief barfuß. »Gott sei Dank«, war ihre Antwort. Dann legte sie sich eine Hand auf den Mund, als wollte sie mir ihren Ehering zeigen. Ich schätzte sie auf Anfang Dreißig. Sie hatte ein ausgeprägtes Gesicht, ohne daß es Härten darin gab. Sie flößte mir Vertrauen ein, so wie einem das Gesicht mancher Ärzte Vertrauen einflößt. Wir blieben stehen.

»Dort oben wohne ich zur Zeit.«

»Allein?«

»Ja.«

Ich sagte das mit größter Leichtigkeit. Dann bat ich sie, mich zu besuchen.

»Aber nur auf einen Sprung«, war ihre Antwort.

Die gemietete Wohnung bestand aus einem einzigen Raum mit Kochnische und Schlafecke; in der Mitte des Raumes gab es einen runden Tisch. Auf diesem Tisch lagen die eingegangenen Glückwünsche, zwei Telegramme und ein Brief. Ich zog die Vorhänge zu, das war auch ein Reflex. Die alles entscheidende Minute dieser kurzen Begegnung hatte begonnen. Wir standen uns jetzt aufrecht gegenüber und achteten auf jede noch so kleine Regung des anderen. Ein unbedachtes Wort, ein Anflug von Zaudern, ein vorschneller Griff, ein schiefes Lächeln, und wir müßten uns voreinander davonstehlen, als sei nichts gewesen. Bleiben Sie, wie Sie sind, wollte ich flüstern, streifen Sie nur den Trench hoch, doch da hatten ihre Augen schon eines der Telegramme erfaßt. Sie strich sich das feuchte Haar aus der Stirn und wiegte den Kopf.

»Gratuliere zum heutigen Vierzigsten, dein Mamachen.« Ohne jede Ironie in der Stimme las sie es vor und gab mir die Hand. »Alles Gute für Sie.« Ich behielt ihre Hand in der meinen. Wenigstens diese unverfängliche erste Verknüpfung unserer Körper sollte Mamachen, die mich heute vor vierzig Jahren auf die Welt gebracht hatte, herbeigeführt haben. Ein warmer Atem traf meinen Hals. »Also schön,«, gab ich im Tonfall eines Überführten zu, »ich habe Geburtstag, es tut mir leid; ein Anlaß, an dem ich von jeher mehr unter dem Einfluß des Sentimentalen als der Vernunft stand.«

»Das verstehe ich gut. Und es muß Ihnen nicht leidtun.«

»Doch. Denn im Augenblick stört es; möchten Sie vielleicht ein Glas Sekt mit mir trinken?« Der Kühlschrank war reichlich gefüllt. Ich hatte alle Vorkehrungen für eine Feier getroffen.

»Sind Sie denn wirklich alleine an diesem Tag?«

»Jawohl«, erwiderte ich, und in meiner Stimme schwang Stolz.

»Dann müssen Sie doch sehr unglücklich sein, oder?«

Ich küßte ihr die Hand, ich schüttelte sachte den Kopf. Und schon waren die Weichen anders gestellt, ich merkte das an ihrem Atem. Er wurde ruhiger. Was eben noch zu hastiger Vereinigung gedrängt hatte, drohte nun in einer nichts als anspielungsreichen Szene zu enden. »Warum unglücklich?« fragte ich zu allem Überfluß; denn es gibt nichts Verkehrteres als ein Gespräch zu beginnen, wenn man einen Geschlechtsverkehr anstrebt. Sie wußte das offenbar auch: Der Druck ihrer Hand wurde stärker. Ich senkte den Blick. Ihre nackten Füße hatten etwas Solides, trotz der lackierten Zehen. »Und wenn jetzt doch Gäste kommen«, hörte ich sie nachdenklich sagen. Ich lächelte vor mich hin. Mit dieser Bemerkung war wieder alles offen. Das Wenn räumte die Möglichkeit einer Umarmung ein, das Jetzt erinnerte daran, diese Möglichkeit sofort und rückhaltlos zu nutzen. »Bitte glauben Sie mir, es gibt keine Gäste«, versicherte ich. »Alles hängt von Ihnen ab. Das heißt, nicht ganz – es hängt auch an dem jungen Mann im Endspiel; das Finale von Wimbledon geht bekanntlich über drei Gewinnsätze …«

»Und niemand wird mich während des Kampfes vermissen«, führte sie meine Überlegung zu Ende. Wir hatten uns also verstanden. Das Thema Zeit war berührt, ein wesentlicher Umstand unserer Passion damit erfüllt: die von außen diktierte, unkalkulierbare Spanne. Ich hielt noch immer ihre Hand.

»Und der Geburtstag«, fragte sie besorgt. »Sie werden heut vierzig, geht das nicht vor?«

»Was hat dieses Datum mit unserem Verlangen zu tun?«

»Sie wissen genau, wie traurig man anschließend sein kann. Möchten Sie das an diesem besonderen Tag?«

»Heute ist kein besonderer Tag!«

»Sie können das nicht verleugnen.«

Da hatte sie recht. Mit der Deutlichkeit eines Fiebers fühlte ich dieses ungewollte Jubiläum und wog plötzlich mein bisheriges Leben. Freimütiger Umgang mit meiner Unfähigkeit zur Bindung an Menschen hatte mir eine gewisse lokale Bekanntheit gebracht. Ich galt als kaputt. Mit der freien Hand begann ich mein Hemd aufzuknöpfen. Es mußte ja vorwärtsgehen. Und während ich mich auszog, befand ich dieses bisherige Leben, auch unter Hinzuzählung meiner Publikationen, für entschieden zu leicht. Aber da war nichts zu ändern. Ich hatte nichts anderes gelernt, als Augenblicke zu nutzen. Jahrzehntelang bin ich auf der Lauer gelegen nach der persönlichen Note: menschlich gesehen war ich ein Anfänger. »Dann feiern wir diesen Tag eben«, rief ich und sah, wie sie den Trench ablegte.

Sie trug weiße, seidige Wäsche darunter, die Schatten schwerer Brüste schienen hindurch. »Gibt es hier vielleicht irgendwo eine Kerze?« fragte sie mich. »Zu einer Geburtstagsfeier gehört eine Kerze.« Dem konnte ich nicht widersprechen und holte eine der Kerzen, die für Stromausfälle vorgesehen waren. Sie steckte sie an und stellte sie auf das Telegramm von Mamachen. Und da brannte sie nun, und ein Schimmer lag auf dem Text; aber das flackernde Licht fiel auch auf die langen Schenkel meiner namenlosen Bekanntschaft, ja, es feierte, so kam es mir vor, kleine Feste auf diesen Schenkeln. »Ist es nicht schöner so?« fragte sie und schaute mich an, als beginne jetzt gleich die Bescherung, und ich hatte nur noch den Wunsch, ihren närrischen Widerstand endlich zu brechen.

Sie bückte sich und hob mein Hemd auf, das ich hingeworfen hatte; ich trug noch Shorts und Strümpfe. Sie ging zum Bett und legte das Hemd dort zusammen, ich zwang mich, über ihr Verhalten kein Wort zu verlieren. Es war mir unbegreiflich; neben zuviel Gerede gibt es im Vorfeld unserer Passion keinen größeren Fehler, als über den Umweg der Mütterlichkeit oder Väterlichkeit einander näherzukommen. Ich wußte nicht weiter. Ich stand nur da und sah diese Schatten unter der seidigen Wäsche und sah ihr Haar und ihre Kniekehlen und zitterte leicht. »Nervös?« fragte sie mit einem Lachen.

Ich stieg aus den Shorts. Vom Hotel kam Jubel herüber. »Wenn der so weitermacht«, sagte ich, »ist die Sache nach drei Sätzen entschieden.«

»Ach, beim Tennis ist alles möglich«, entgegnete sie.

»Aber in Wimbledon spielt man auf Rasen. Da zählt nur der Aufschlag. Es wird ein Blitzsieg, fürchte ich.«

Sie legte ihr Oberteil ab, mit dem Rücken zu mir, sie sagte: »Fangen wir an.«

Keine Frage: Das mit dem Blitzsieg hatte gesessen. Ich sah, wie sie ihr leicht geplustertes Höschen abstreifte und anschließend auf den Bauch sank, quer übers Bett, das eine Bein ein wenig angewinkelt. Ich betrachtete ihre Details. Wie abwechslungsreich war doch der Körper einer erwachsenen Frau, wahrscheinlich Mutter zweier Kinder, gegenüber dem eines Mädchens! Sie schob ihr Haar aus dem Nacken und drückte die Stirn in mein Bettzeug. Als ob sie es ahnte, in welche Erregung mich gerade dieser Anblick versetzte! Ich ließ mir jetzt Zeit. Ich zog die Strümpfe aus und legte sie auf den Stuhl, über dessen Lehne ihr Trench hing. Aus einer der Manteltaschen ragte ein Stück einer Fotografie. Ich zog daran. Es war ein Schwarzweißbild, im Vordergrund ich, hinter meinem Kopf der Wolfgang-See bei St. Gilgen. Ich stopfte es zurück in die Tasche, ich zitterte jetzt nicht mehr vor Begierde. Unfähig, mich zu bewegen, sah ich zum Bett. Sie hatte sich das Kissen unter ihren Bauch geschoben, als sei es das Natürlichste der Welt.

»Wer sind Sie?« sagte ich langsam.

»Der einzige Gast an Ihrem Geburtstag.«

»Vergessen Sie diesen ganzen Geburtstag!«

»Sie werden heut vierzig. Ein Höhepunkt Ihres Lebens ...«

Das löste mich aus meiner Starre. Ich näherte mich dem Bett. Sie zeigte sich noch immer bereit. Offenbar entging ihr nicht nur, daß runde Geburtstage kein Bereich unserer Übereinstimmung waren, sondern auch mein Verdacht, daß sie den Auftrag hatte, mir diesen Tag zu versüßen. Ich riß sie herum – sie schien damit gerechnet zu haben. Die Beine öffnend, summte sie *Zum Geburtstag viel Glück*, das muß man sich vorstellen ... Ich wartete mit Schaudern das

Versiegen ihrer Nächstenliebe ab; daß sie mir dieses idiotischste aller zu Gemüte gehenden Lieder vorsummte, konnte unmöglich Bestandteil ihres Auftrags sein, so infam wäre niemand. Ich zog Rotz hoch und rieb mir die Augen. »Aber nicht doch«, hörte ich ihre Stimme; die Art, wie sie billigte, daß ich gerührt war, bestätigte meinen schlimmsten Verdacht. Ich packte sie an der Schulter, schon lag sie erneut auf dem Bauch. Ich kniete mich nun über ihre Beine. Von drüben kam wieder Applaus.

Danach war es ruhig. Sie hatte aufgehört zu summen. Ganz leise schlug der Regen an die Fenster. Ich sah, wie ihre Hände mir den Weg freimachten, sie kümmerte sich wirklich um alles. Die Umstände stimmten. Ihr Anblick traf mich. Sogar die Tageszeit kam mir entgegen. Sie schien sich stur an Mamachens Instruktionen zu halten. Und ich streckte die Arme und spreizte die Daumen und fragte, ob sie so etwas öfter mache, also gewerbemäßig. Und wenn ja, wie Mamachen auf sie gestoßen sei. Und wie es nun weitergehe im Text.

»Sie verlieren sich in einem Irrgarten«, war ihre Antwort. Da warf ich mich über sie und legte die Hände um ihren Hals. Aber sie schrie nicht. Sie zeigte überhaupt keine Angst; ich spürte ihre Finger, die mir helfen wollten. Sie bildeten ein warmes Futteral. Nur da ließ sich nichts machen. Sie versuchte, mir das Gesicht zuzudrehen.

»Ich warte«, kam es aus ihrem Mund.

»Wer gab Ihnen das Foto von mir?«

»Welches Foto?«

»Das in Ihrer Manteltasche. Sie haben es von meiner Mutter, nicht wahr? Damit sie mich erkennen.«

Ihre Hände kamen zum Vorschein. Sie schien mich aufzugeben; in der Art, wie sie guckte, sah ich jetzt einen heimtückischen Wunsch, die Wahrheit zu sagen. Ich lockerte meinen Griff. Ihr Atem ging stoßhaft.

»Ich hätte Sie auch so erkannt.«

»Woran?«

»An Ihrer Traurigkeit.«

»Woher wußten Sie, daß ich in die Cafeteria gehen würde?«

»Es war die einzige Abwechslung, dieses Endspiel. Und Sie waren völlig allein.«

»So! Und woher wußten Sie das?« Wir keuchten jetzt beide.

»Ihre Frau Mutter sagte es mir. Es sei nicht damit zu rechnen, daß Sie Besuch bekämen.«

»Das waren ihre Worte?«

»Ja.«

»Aber ich hatte Zusagen. Von vier Leuten.«

»Es sei noch nie jemand zu Ihrem Geburtstag erschienen, sagte mir Ihre Frau Mutter. Sie würden es im Grunde nicht wollen. Nur daß jemand käme und gleich wieder ginge. So wie ich. Ihre Frau Mutter scheint Sie sehr gut zu kennen.«

Ich krümmte meine Finger wieder.

»Wieviel hat sie bezahlt?«

»Sie tun mir weh ...«

»Mamachen war noch nie kleinlich.«

Ich spannte alle Muskeln, sie griff nach meinen Handgelenken. »Wollen nicht alle Mütter das Beste?«

»Wie lautete Ihr Auftrag?«

Plötzlich zerrte sie an mir, ihre Stimme wurde schrill – mich glücklich zu machen, hörte ich noch und begann sie zu würgen. Es war eine ganz selbstverständliche Handlung. Sie geschah im ersten Moment völlig unterderhand. Ich drückte ihr die Kehle zu, als sei es eine Alltagsverrichtung. Und als ich Gejapse vernahm, dachte ich nur, was für häßliche Laute. Es war, wie wenn ich nie etwas von Ursache und Wirkung gehört hätte. Hemmungslos wandte ich alle Kraft auf, die ich besaß. Erst als sich ihre Nägel in meine Pulsadern gruben und ich das Blut rinnen sah und ihr warmer Körper wie unter Stromstößen zuckte, kam mir in den Sinn, daß ich dabei war, sie zu töten. Doch schon überwog der Gedanke, daß ich zu Ende führen mußte, was ich angefangen hatte. Oder konnte ich mitten im Töten sagen, genug für heute, Feierabend? Mamachen hatte sie bestimmt nicht dafür bezahlt – nicht dafür, daß sie sich von mir halb umbringen ließe. Mich trieb ein Wille, der immer noch wuchs.

Ich weiß nicht, wie lange ich so noch hockte. Ich weiß nur, daß in der Cafeteria plötzlich ein Jubel ausbrach und ich mich freute für unseren sympathischen Blonden. Der hatte nun seinen Sieg, und ich hatte meinen.

(1987)

Fünfzig werden

Ein knappes Jahr vor dem Tag, den viele so fürchten, tauchte eines Abends, als ich noch einmal schwimmen wollte, ein etwa vierzehnjähriges Mädchen aus dem dunklen Wasser meines Lieblingssees und bespritzte mich, als seien wir Verwandte.

Ich hatte das Mädchen vorher noch nie gesehen oder seine Anwesenheit nicht wahrgenommen, während sie mich – wie sie später angab – seit Tagen beobachtet haben wollte, unter anderem mit einem Hund (den ich nicht habe), was es ihr wohl leichtgemacht hatte, den fremden Erwachsenen, der da so vorsichtig ins frühsommerkühle Wasser ging, wie einen Onkel oder Hausfreund wild zu attackieren. Ich wehrte mich nicht. Ich schrie nur, da auch sie schrie; wie aber schreit man, als Erwachsener, vor Vergnügen, was ja vermutlich zum Ausdruck gebracht werden sollte?

Während ihr Schrei etwas ganz Einfaches, Gelungenes, Frisches hatte, habe meiner, Zeugen zufolge, etwas Tierhaftes gehabt, was immer das sein mag. Auf jeden Fall tauchte dann, nach dem angeblich tierhaften Schrei, ein zweites Mädchen, nämlich ihre beste Freundin auf (die unvermeidliche, stets etwas plumpe Begleiterin jeder jungen Schönheit), und mit einem Mal schien es mir, bespritzt von zwei lauten Mädchen, als sei ich ganz woanders, in einem billigen Film. Ohne ein Wort ging ich weiter, weiter hinein in meinen unergründlichen See – vielleicht das einzige Zuhause, das ich auch verteidigen würde (ich meide das Wort Heimat wie einen Fluch, ich kenne nur die Wahlheimat, entstanden aus Fügung und Willkür, sicherlich schön, sonst baute ich dort kein Haus, aber auch – eben weil die Wurzel fehlt, der Kinderglauben an die Landschaft – ein Spiegel: alles Erwachsenen, Gespaltenen, Schiefen). Die Arme halb erhoben, balancierte ich auf glatten Steinen, schon bis zur Brust im Wasser, und wollte losschwimmen, da hüpfte mir eine der beiden, die Plumpe, ins Kreuz, während die Schöne oder Anmutige noch einmal nach mir spritzte, ehe sie mich, wiederum schreiend, von vorne ansprang, zwei kräftige, glatte Beine um meine Hüften schlingend, daß mir der Atem stockte. Danach wurde es kurzfristig formell. Die Plumpe sagte, Ich bin Uschi (was mich endgültig gegen sie einnahm) und stellte mir die Freundin als Kristina-Alba vor – ein Name, den wohl keiner wegstecken kann.

Kristina-Alba klammerte sich nun an mich, und ich ging in tieferes Wasser, das Gewicht der beiden zu verringern; ganz vergessen hatte ich dabei, vor lauter Armen und Beinen, die Beschaffenheit des Sees, dessen Grund schon nach wenigen Metern steil abfällt, als trete man in eine Falltür: Alle drei gingen wir unter, um noch verklammerter als zuvor wieder aufzutauchen; das Gesicht der Schönen war auf einmal ganz nahe, und ich sah, worin seine Vollkommenheit lag. Sie lag darin, daß es vollkommen jung war – so jung, daß ich mich schämte. Vielleicht ist es übertrieben oder sogar ungerecht mir gegenüber, wenn ich sage, ich spürte in dem Moment zum ersten Mal das Häßliche des Alterns – nicht das äußerlich zu immer weniger Jubel Anlaß Gebende, nein, vielmehr ein Maß an Zerrüttung, das unaufhaltsam an die Oberfläche dringt und dort seinen Tribut fordert: nicht in Gestalt von Falten oder weißem Haar, eines welken Halses oder grotesk an den Schienbeinen hervortretender Adern, sondern einzig und allein eines zuviel wissenden, verdorbenen Blicks.

Die Wahrheit ist: Ich war längst fünfzig; irgendwann zwischen dem, was man Mitte Vierzig nennt, und dem, was als Ende Vierzig häufig genannt wird, um eine allerletzte Verbindung mit den Jahrzehnten davor zu wahren, muß sich dieser Blick bei mir eingestellt haben: ein Ausdruck, der sogar bei Dunkelheit und lustig bespritztem Gesicht ein gewisses Entsetzen auslöst; jedenfalls rief die Schöne, ich solle sie nicht so anschauen, gell?, was die beste Freundin veranlaßte, mich vorsichtshalber zu zwicken, worauf ich die beiden, ebenfalls vorsichtshalber, endlich abschüttelte.

Spätestens jetzt sollte ich sagen: Ich habe nie die Neigung zu jungen Mädchen gehabt (oder weiß nichts von so einer Neigung); ich mache mir nichts aus ihnen und bedaure jeden, der durch sein Verlangen, für das er nichts kann, gleichsam zum öffentlichen Feind wird. Und natürlich wollte ich eine derartige Brandmarkung, noch dazu in meiner Wahlheimat, das heißt, im Ausland, unter allen Umständen vermeiden, aber da hatte mich Kristina-Alba schon wieder in flacheres Wasser gelockt und angesprungen, während die Plumpe plötzlich im Dunkeln verschwunden war.

Ende des Spaßes. Ich wußte nicht, was ich tun sollte, ich wußte nur, in welchen Gefahren ich schwebte; das Leben lehrt einen ja, daß selbst der ausgewachsene, sogenannte reife Mann stets damit rechnen muß, binnen Sekunden in das zurückverwandelt zu werden, was man einen Wichser nennt, und der wollte ich partout nicht sein. Eine Mischung aus Trotz und Beklemmung ergriff mich, was wohl auch damit zu tun hatte, daß sie auf einmal von ihrem Vater anfing, der ein Motorboot besitze (das ich seit Tagen, arglos, bestaunt hatte) und eigentlich gar nicht so alt sei. Vierunddreißig, sagte sie und schlang wieder die Beine um meine Hüften, und ich sah auf ihren jungen Mund, der bei genauerem Hinsehen gar nicht so jung auf mich wirkte, nur eben sehr unverbraucht, wogegen ja nichts zu sagen ist.

Nach dieser Überlegung wollte ich sie endgültig abschütteln, aber da legte Kristina-Alba ihren Kopf in den Nacken, wodurch der Hals eine schon betörende Länge bekam, und rückte mir auch noch mit Worten zu Leibe. Man erzählt, Sie seien berühmt, sagte sie, und bauten hier in der Nähe ein Haus, im italienischen Stil! Mich verblüfften diese Worte, nicht nur, weil sie Bildung verrieten, sondern auch Impertinenz; ganz zu schweigen von dem Gerede über meine Person, das ich wohl unterschätzt hatte (nachzutragen wäre, wo ich mich überhaupt befand: in einem Hotel, das ich normalerweise nicht betreten würde, einem Urlauberschauplatz, der aber nahe bei dem Haus lag, um dessen Vollendung ich kämpfte; nur noch Winzigkeiten fehlten für die unerläßliche Wohngenehmigung seitens der Kommune, ein Papier, das mein teures

Hotelleben für immer beenden sollte, und so schrieb ich jeden Vormittag auf der Frühstücksterrasse – mit einem Ausdruck der Verzweiflung, nehme ich an, wie die Schriftsteller im Fernsehen – Petitionen und ähnliches, was dann wohl zu dem Gerede über meine Person geführt haben muß).

Ich sei alles andere als berühmt, erwiderte ich – nichts weiter als ein Mann mit etwas Erspartem, der sich am Gardasee einen Alterssitz baute. Selbst ein wenig erschrocken über die Resignation, die aus solch einem Satz sprach, glaubte ich, die Sache damit beendet zu haben, aber das Gegenteil war der Fall. Sie sah mir in die Augen.

Und was geschah dann? (fragte die Polizei später). Nun, ich griff um ihre Hüften; sie preßte ihren Bauch an meinen. Ich berührte ihr Haar, sie berührte mein Kinn. Ich tauchte unter ihr weg; sie tauchte mir nach. Ich schnappte nach Luft; sie schnappte mein Glied (wie ich es gegenüber dem Dolmetscher ausdrückte). Ich schlug ihr auf die Finger; sie schlug vor hinauszuschwimmen. Ich schaute auf den See; sie schaute zum Ufer (um zu sehen, ob der Vater auch sähe, was sein Früchtchen so tat).

Wir schwammen dann tatsächlich hinaus, das heißt, sie schoß davon, und ich versuchte, Anschluß zu halten, schwamm also keuchend hinter ihr her, als gäbe es irgendein Abkommen. Das Ziel war klar, es war ein Badefloß, durch eine lange Leine mit dem Steg verbunden und doch schon so Teil des nächtlichen Sees, daß niemand vom Ufer aus sehen konnte, was dort im einzelnen vor sich ging. Als ich das Floß erreichte, lag sie schon mit dem Bauch auf den Planken, das Gesicht in der Armbeuge und eins ihrer Beine leicht angezogen, als schlafe sie – nackt, wie mir dann auffiel: durch das Leuchten ihres ungebräunten Hinterns, und ich glaube, es war genau in diesem Moment meiner Floßbesteigung (durch Hochstemmen an der Kante wie in besten Zeiten), als ich mich zum ersten Mal im Leben mit einem Bein im Gefängnis sah.

Die Kleine (die etwas größer als ich war) stellte sich tatsächlich schlafend, das heißt, sie ignorierte mich, worauf ich meinerseits ihr Unbekleidetsein, konkret: ihren glockenartigen, für mein Gefühl geradezu abfärbend weißen Hintern als nicht gegeben zu betrachten versuchte, obschon dies eigentlich in die Psychiatrie gehörte – jedenfalls würde ein normaler Mensch kaum von sich selbst behaupten, daß gerade jene Sache nicht existiert, die sich ihm am unauslöschlichsten einprägt ...

Aber wer auf die Fünfzig zugeht, oder wie in meinem Fall: taumelt, ist ohnehin geistig benommen, und die Situation, in die ich geraten war (Floß, Nacht, Mädchen), darf man getrost als Grenzsituation bezeichnen, von dem gewöhnlichen Irrsinn einer Vierzehnjährigen gar nicht zu reden. Ich hatte Angst, das muß ich zugeben, die Angst eines Mannes vor der eigenen Schwäche, aber auch dem, was man Lynchjustiz nennt, und so war ich erleichtert, als Kristina-Alba endlich ein Auge aufschlug und mich von unten ansah – vielleicht ist sie schon sechzehn, dachte ich einen Moment lang und wollte dann etwas sagen (ist dir nicht kalt), doch sie kam mir zuvor, murmelte, ihr Badeanzug sei ins Wasser gefallen, sei untergegangen, ob ich nicht danach tauchen könnte.

Natürlich war das eine Lüge, glatter als ihre Beine, und ich erwiderte, Kein Badeanzug fällt von allein ins Wasser, wie sich auch keiner von alleine auszieht!, was ich besser nicht gesagt hätte; denn sie drehte sich daraufhin um, wie aus Höflichkeit, doch in Wahrheit, um mich zu strafen. Ich sah sofort in ihr Gesicht, konnte aber nicht verhindern, daß mir ihre Brüste ins Auge sprangen – fest und glänzend, wie Trompeterbacken –, ebenso ihr kleines, dunkles Dreieck zwischen den Beinen. Ich sah ihr also ins Gesicht (wohl wissend, was sonst an ihr dran war) und stellte mir vor, was aus dem Gesicht einmal würde; noch vor zehn Jahren hatte ich keinerlei Ahnung von dieser schäbigen Methode des zu Ende Denkens (die vielleicht sicherstes Zeichen des Fünfzigwerdens ist), während ich heute jedes störende Jungsein in Gedanken so weit fortschreiten lassen kann, bis es seinen Lack verliert, und auch dieser Blick, den ich auf dem Floß anwandte, hatte wohl etwas Verdorbenes. Schon zum zweiten Mal sagte Kristina-Alba, ich solle sie nicht so anschauen, gell, worauf ich auf den Alterssitz zurückkam, den ich mir baute.

Ich schwärmte ein bißchen von meinem Haus, statt die Wahrheit zu sagen: daß so ein Bauen ja auch der Versuch ist, mit nichts als Steinen ein Gefühl der Verliebtheit in sich zu erzeugen; oder haben wir nicht immer ein Foto des halbfertigen Bauwerks dabei, um jedem zu zeigen, wie unverrückbar es in der Gegend steht, nackt und mein? Ein Foto von Haus und Landschaft, in diesem Fall der des Sees inmitten seiner Berge; ich besaß so ein Bild, aber davon sprach ich nicht auf dem Floß (ein Wahlheimatbild, darauf eine der geballtesten Landschaften der Welt – Wasser und Fels, Hänge und Anhöhen, Oliven, Dunst und Licht, Nord und Süd –, in manchen Stunden soviel Glück verheißend, daß man nur passen kann).

Ihr sei kalt, sagte sie plötzlich und kam etwas

näher, so nahe, daß ihre nassen Beine meine nassen Beine berührten, an einer Stelle nur, aber immerhin, und ich schlug vor, zurückzuschwimmen, worauf sie behauptete, nicht schwimmen zu können. Sie sah mich an bei dieser Frechheit, und ich war dicht davor, ihr eine zu kleben. Kristina-Alba bemerkte mein Zittern (vor Wut) und sagte, Sie zittern ja – zittern Sie meinetwegen?, und kam erneut etwas näher, so nahe, daß es jetzt unmöglich war, nicht ihren ganzen Körper auch ganz zu erfassen, und ich griff zum einfachsten Mittel, das solche Situationen (wie man aus Filmen weiß) herumzureißen vermag. Ich fragte, wie alt sie sei, und sie antwortete: Achtzehn.

Was jetzt. Als erstes verschlimmerte sich mein Zittern, und das nicht, weil mich eine weitere Lüge noch wütender gemacht hätte, sondern im Gegenteil: weil ich ihr glaubte; als zweites war ich dann schlagartig scharf auf sie, und als drittes sah ich mich schon wieder in Handschellen. Ich traute weder ihr noch mir, das war die eigentliche Misere – eine Misere unter Sternen, wie ich mit einem Mal sah, inmitten von glitzerndem Wasser, flankiert von Bergen, auf denen, nach langer Trockenheit, vereinzelt Feuer brannten, gekrümmt wie Lavaströme, die Olivenwälder aufglühen ließen.

Aha, sagte ich, worauf sie gar nichts mehr sagte. Sie zog mich neben sich auf die Planken und übergab mir gewissermaßen ihren angeblich volljährigen Körper, und ich ließ meine linke, empfindlichere Hand darübergleiten, ohne diesen jetzt ganz von Gänsehaut überzogenen Körper auch nur ein einziges Mal zu berühren; mit einer Daumenbreite Abstand, genug wohl, um nicht vor Gericht zu kommen (falls sie doch vierzehn war), zu wenig, um nicht die Wärme, die sie aussandte, an den Fingern zu spüren – mit dieser geringen und doch vollständigen Distanz streichelte ich sie auf eine, wenn man so will, gänzlich abstrakte Weise. Ich streichelte ihre gerundeten Schultern und die Spitzen der Brüste (klein wie die Köpfe der Gummibärchen), ihren gebräunten Bauch und das dunkel glänzende Dreieck inmitten eines hellen, ihre langen Schenkel und die fast weißen Kniekehlen und endlich, nachdem sie sich wieder umgedreht hatte, auch den glockenartigen Po, wobei ich fast übermenschliche Kräfte aufbieten mußte, um nicht die beiden Backen auseinanderzuziehen wie die Hälften eines Vorhangs; ich hielt einen Moment inne vor Anstrengung, und es war genau dieser Augenblick, da ich bereit gewesen wäre, ihr den Arsch aufzureißen, wie man so sagt, als die Scheinwerfer der

Yacht ihres Vaters das ganze Floß in Helligkeit tauchten.

Nach einem gemeinsamen Schrei – der die Dinge keinesfalls besser machte – ließ ich mich sofort ins Wasser gleiten, und sie glitt hinterher, immer noch nackt und ohne Aussicht, diesen Zustand zu ändern; nach meiner Kenntnis des Sees lag ihr Badeanzug etwa siebzig Meter unter uns, in ewiger Dunkelheit, wenn er nicht längst von Strömungen in den eigentlichen Seegraben gedrückt worden war, ins Reich des seltenen Carpione, eines Fisches, der erst ab zweihundert Meter Tiefe zu Hause ist und sich wohl gewundert hätte, einem hellblauen Badeanzug zu begegnen.

Wir schwammen ein Stück nebeneinander, noch immer im Lichtkegel des Scheinwerfers, dann rief sie, keuchend, Ich kann nicht mehr (weitere Lüge), und packte meine Schultern, kroch mir förmlich auf den Rücken, so, daß mich ihr kleiner Busch am Steiß kitzelte, und ich unternahm einen letzten Versuch, mich aus der Affäre zu ziehen – ich versprach ihr eine schöne Geschichte mit Widmung, eine Geschichte nur für sie, handgeschrieben, sofern sie die ganze Schuld auf sich nähme, und sie rief mir von hinten ins Ohr: Welche Schuld? Aber das war noch nicht alles. Sie sagte auch noch, Bücher interessierten sie nicht, sie habe nur gehört, ich würde fürs Kino schreiben, und wenn ich ihr eine Rolle verschaffte, würde sie zur Rettung meines Rufs erklären, was ich von ihr verlangte. Sie sei nämlich, sagte sie, weder vierzehn noch achtzehn, sie sei leider erst siebzehn, fühle sich aber wie zwanzig – und das habe sie ihrem Vaterarsch heute zeigen wollen.

Dieser Zusatz gab dann, glaube ich, den Ausschlag, ihr doch noch eine zu kleben, wozu ich mich blitzschnell umdrehte und den Handrücken benutzte, kurz bevor der Arschvater in seinem rasanten Boot neben uns stoppte und erstaunlicherweise erst mich, nämlich die Sau, wie er einer am Ufer versammelten Menge zurief, aus dem Wasser zerrte und danach seine nackte, abscheuliche Tochter, das Opfer.

Ich erhob keinerlei Einwände, zumal die Plumpe schon alles getan hatte, was beste Freundinnen in solchen Fällen zu tun pflegen; ich hätte die beiden angegriffen und mich dann mit der Jüngeren, Schönen davongemacht, hieß ihre Aussage, hätte der hilflosen Alba noch im Wasser den Badeanzug heruntergerissen und sie am Ende auf dem Floß – ja was denn nun eigentlich? Und da schwiegen plötzlich alle; sie guckten mich an, einschließlich zweier Carabinieri, die der Hoteldirektor geholt hatte, und ich bestand auf einem gegenseitigen Intimtest – nach Kreuzfeld, wie ich hinzufügte; noch im Büro des Polizeileiters wiederholte ich meine Forderung, als sei der Kreuzfeldsche Test in solchen Fällen gang und gäbe, sozusagen die europäische Norm, und der Dolmetscher war gezwungen, meine Bereitschaft zum Äußersten ins italienische Protokoll aufzunehmen.

Doch zu diesem Test war es dann – ich vermute, auf Wunsch des Arschvaters – nicht gekommen, dafür zu meiner Freilassung nach einem Tag, und irgendwie, kann man sagen, war ich nach diesem Vorfall wieder etwas weniger fünfzig als vorher, eben ein Mann von neunundvierzig, mit einem letzten Faden zu allem, was wirklich jung ist, so schön und grausam wie meine Große Kleine vom Floß – deren leuchtenden Po ich doch kurz berührt hatte, als keiner hinsah, nicht mal ich.

(1997)

Aber daran erinnerte er sich

Aber daran erinnerte er sich: wie eines Nachmittags an diesem großen See, der in den Bergen
begann und in der Ebene endet, die Welt versank. Er ist fünf und soll seinen Schlaf halten,
eine Hand über den Augen, während Gefahren
heraufziehen, ein Wettersturz den Tag in Nacht
verwandelt, so daß alles an ihm, die Kinderarme
und die Kinderbeine, sein ganzer von der Sonne
noch erhitzter Körper unter dem Bettuch eines
kleinen Hotels am Wasser diesen zu haltenden
Schlaf nur vortäuscht.
Die linke Hand (des Linkshänders) wie eine
Maske vorm Gesicht, Zeigefinger abgespreizt,
hatte er durch den Spalt alle Gefahren erkannt,
gesehen, wie Himmel, Berge und See immer
mehr eins wurden, ein Block, aber auch, wie die
anderen im Zimmer, die beiden, immer mehr
eins zu werden schienen an jenem Nachmittag
vor vielen Jahren (als in München Olympische
Spiele stattfanden, er die Kämpfe, Daumen
drückend, verfolgte, bis ein größeres Drama sie
unterbrach – Neuerliche Judenvernichtung auf
deutschem Boden, wie beide, noch während der
Meldung im Autoradio, das Attentat auf die Is-
raelis genannt hatten).
Ein einziges Mal waren sie zu dritt in den Ur-

laub gefahren, und ein einziges Geräusch konnte das alles auferstehen lassen. Sobald er einen VW-Käfer hörte, dies überhastet Jubilierende beim Gasgeben, als sei dort, im Innersten, ein Schräubchen lose, war da auf einmal die Fahrt über den kahlen Paß und das Immer-milder-Werden der Luft, als sie ins Tal kamen, die fremde Sprache im Radio und ein Streit der beiden: wohin nun; schließlich die Suche nach billigen Betten – billig, wie ihm das noch im Ohr war. Und dann der langgezogene, bewegte See, zwischen schattige Bergfalten und blanke Felswände gezwängt: wenn die nur nicht kippten. Und später diese Freude über das Hotel mit eigenem Strand, das günstige Zimmer mit Blick, die Küßchen von ihr, weil jetzt alles gut war, die Pläne von ihm, was man hier alles tun könne. Er ist fünf und heilfroh.

Wolkenlose Tage lang hatte er am Ufer gespielt, Kiesel ins Wasser geworfen, oder war, von beiden gehalten, bis zum Hals in den See gegangen (dessen Grund gleich in moosiges Dunkel abfiel); und immer gegen Abend, vom nahen Landungssteg, das Angeln mit ihm: wie er da jedesmal schier davonlief, wenn der Schwimmer steil nach unten ging, ein noch unsichtbarer Fisch an der Schnur zog; gemeinsam holen sie ihn nach oben, sehen ihn leuchten im Wasser und mit dem Schwanz schlagen; dann aber liegt er erschöpft auf den Planken, nur die Kiemen pumpen, bis man ihn aufhebt, wegen des Schleims auf seinen Schuppen eisern hält, und er sich windet wie toll und einem, sobald man den Haken aus Rachen oder Auge entfernt, spinaten in die Hand scheißt (immer machten sie ihm angst, diese gefangenen Fische; doch welches Wesen kann man schon, ohne jedes Zurückzucken, aus der Nähe betrachten?).

Sie angeln mit Maden, die wimmeln in einer Dose und werden lebend auf den Haken gespießt, da sieht er nicht gerne hin; er sieht über den See, zu einem himmelhohen Felsen genau gegenüber, Nacht für Nacht ein Loch im Pünktchenfeld der Lichter auf der anderen Seite, Nacht für Nacht auch eine Bucht in der Milchstraße. Bis ihm die Augen zufallen, darf er zwischen ihr und ihm auf dem Balkon sitzen, darf schauen; die beiden haben nichts an, so heiß ist es, und schließlich tragen sie ihn ins Bett – und da träumte er wohl auch von diesem Loch oder Felsen, wie er überhaupt viel geträumt hatte in dem Zimmer. Und dann, nach den Tagen der Hitze, der Wettersturz: von einer Wanderung heimkehrend, können sie sich gerade noch in eine kleine Bar flüchten.

Gegen Mittag erreichten sie die Bar, unweit des Hotels, am Landungssteg, der wurde überraschend abgerissen, von großen halbnackten Männern – und er denkt: Es war falsch, dort zu angeln, ganz falsch. Die Männer, sieht er, zerren den alten Steg auseinander, biegen seine Balken, bis sie, krachend und splitternd, aus der Halterung brechen; und selbst als der Regen wie ein Vorhang herabfällt und Winde diesen Vorhang blähen und der See nun überall von weißlichem Grün ist, in sich schwappend, wie Wasser im Bottich, machen die Männer weiter, schreien einander Wörter zu, treten gegen die Pfähle und reißen daran, bis sie nur noch auf die Planken einschlagen, nur noch im Wind und Regen fuchteln – einem Wind und Regen, der den See aus seinem Bett zu heben schien, seine Massen auftürmte, so daß er, in der Bar, glaubte, dieser See schwappe gleich über die Theke, abgehalten nur von einem vierschrötigen Wirt, der Wein und Grappa ausschenkte. Grappa, sagten die beiden immer, den müsse man bei solchem Wetter trinken.

Und dann kamen die Stegabreißer zu dritt, triefend vor Nässe herein, und kippten den Grappa aus zierlichen Gläsern in ihre Hälse – Salute. Sie keuchten, und die Hosen klebten ihnen an den Beinen, einer leckte sich Blut von der Hand, und er klammerte sich an die beiden (die in der Bar, für ihn, noch die vertrauten waren) und hörte sie flüstern über die Stegabreißer: Was das Menschen seien ... So standen sie an der Theke, bis das Strömen etwas nachließ und sie auf der Stelle losrannten, gegen den Wind, er in der Mitte, von beiden gehalten, von beiden geschwenkt – Engelchen flieg. Fast schon im Dunkeln rannten sie am See entlang, um alle gleich ins Bett zu gehen, er in das schmale an der Wand, die anderen in das breite, halbrechts von ihm – wie drei Tiere hatten sie sich, als der Tag mit einemmal zu Ende ging, unter den Laken verkrochen.

Und dann fängt es überhaupt erst an, das Wetter. Wasserfälle kommen vom Himmel, alles unter sich begrabend, die Berge, den See, ja das Zimmer; Hand aufs Gesicht gepreßt, wagt er kaum, die Finger zu öffnen, und öffnet sie doch, sieht eine Pantomime, so laut stürzen die Wasser herab. Die beiden zappeln oder ringen, erst unter dem Laken, dann darüber, immer schneller, immer härter, ohne Grund, und er denkt: Sie sind schuld an dem Wetter; nein, will er rufen. Doch liegt er nur da, wie auf das Bett genagelt, spricht lautlos vor sich hin, Geh aus, mein Herz, und suche Freud in dieser lieben Sommerzeit an deines Gottes Gaben; summt es sogar, dieses Lied (das sie noch heute gern summte) und weint nicht – nicht wie im VW, als sie durch ein Dorf kamen, einer überfahrenen Katze auswichen, dem weißen Gedärm um sie herum: in der Mitte geplättet war die Katze, ihre Enden zuckten noch, das Straßenpflaster glänzte, wie das Haar der beiden, seins vor allem. Bitte, hört er ihn flüstern (von der ganzen Geschichte waren ja mit letzter Sicherheit nur einige Wörter geblieben). Sein Haar – dunkel, lang, über den Ohren geringelt – verdeckt immer wieder ein rötliches Schimmern; mal erscheint es zwischen ihren Beinen, mal ist es fort (wie gelenkig sie da noch gewesen sein mußte, Knie an den Schultern). Und dann, plötzlich, die beiden: ein Klumpen.

Er ist fünf und beherrscht den Schließmuskel seiner Augen nicht, immerzu sind sie auf hinter der Hand, sehen alles, jede Regung. Sie hätten ihn einschläfern müssen, durch gutes Zureden und notfalls mit einer Arznei; oder wenigstens das Rollo ganz herunterlassen. Statt dessen: ein Keuchen, ein Wälzen. Er sieht ihre Kniekehlen, sieht ihren Busch, ihre Zehen, wie sie sich krümmen (nur den Grund dafür, den sah er nicht; war das also eine der Stunden, in denen ein Kind, vorzeitig sein einsames Menschsein be-

greifend, alle kindliche Beschütztheit vergißt? –
schöner Gedanke, wie es damals auch half, an
den Regen zu denken, die Sintflut). Er liegt auf
der Seite, hat eisige Füße, das Herz drängt zum
Hals – und dann doch etwas Schlaf, wie ver-
langt, ja in der Erinnerung sogar Träume (die
hier zu erwähnen mehr der Lust am Erzählen
Genüge tut als irgendeiner Lehre über die kindliche Seelenwelt).

Von den großen Männern träumt er, wie sie den
Landungssteg abreißen, bis bloß noch ein Pfahl
aus dem Wasser steht, und auf der Spitze dieses
Pfahls, da sitzt er, sieht die Männer in einem
Kahn darauf zurudern, ihr Werk zu vollenden –
Denn schau, sagt einer, auch dieser Pfahl ist
faul. (Genau an den Satz glaubte er sich erin-
nern zu können sowie an einen Traum im
Traum, wenn es so etwas gab – da waren die
schwarzen, ineinanderquellenden Wolken, wie
Samt, und in dieser falschen Nacht ein klaffen-
des Loch, vielleicht auch Kästchen oder Fenster,
Blick auf Wasser und Berge, alles in Blau, alles
sehr kalt, und am Himmel ein Ei oder Bauch,
darin – irgendwoher wußte er es, kannte dies
Wort – ein Inferno; er will näher heran an das
Loch, das andere dahinter besser zu sehen, da
erwacht er und sieht das Schauspiel des Liebens,
fast ohne Bewegung jetzt, ganz verschlossen,

nur die Augen, wie zwei Blinde, einen Spalt geöffnet – und fürchtete wohl, sein lautes Herz
könnte den beiden sagen, sie täten dies besser in
der Zeit, in der er nicht existierte, in der ein
Kind seinen tiefsten, durch nichts, nicht einmal
ein Gewitter zu störenden Schlaf schläft.)
Wieso weinte sie nicht? In all diesen Minuten
(erfahrungsgemäß waren es doch nicht mehr als
Minuten) hatte er einen Schrei auf der Zunge,
als letztes Mittel, ihr zu helfen. Aber sie weinte
nicht, und er blieb gewissermaßen sitzen auf seinem Schrei, während die beiden sich teilten und
wieder zum Klumpen wurden – eine heillose
Trägheit der Augen, womöglich geerbt, ein
Fluch der Natur, ließ ihn in einem fort schauen,
nur so war das heute erklärbar, heute, da er zum
ersten Mal nach dreiundzwanzig Jahren, zum
ersten Mal als Erwachsener, am Telefon, wenn
auch nur im Hintergrund, seine Stimme gehört
hatte (also die Stimme des Vaters, ohne irgend
etwas durch dies Wort zu verharmlosen), wobei
er nichts weiter empfand außer kindlicher Neugier, wie er auch damals, wahrscheinlich, nichts
weiter empfunden hatte, während der See über
das Ufer trat, die Wellen den Kies gegen die Ho-
telfenster warfen, das hatte er noch im Ohr, dieses Brausen, Klickern, Klirren, wie eine Musik
zu dem folgenden Bild: Auf einmal bückt sie

sich, nimmt die Knie auseinander, preßt ihre Stirn aufs Bett, die Hinterbacken gehen auf, das sieht er genau, und schwer, das kann er ahnen, hängen die Brüste – und da hätte er noch, mit einem Laut, einem Seufzer, einem Pups andeuten können, daß er wach ist.

Doch er wagt es kaum zu atmen. Still liegt er da, in sich bloß noch ihr Sommerlied, immer mehr gehen die Backen auf, immer weniger wiegt er, so scheint ihm, fast unhörbar strömt es zwischen seinen Zähnen hindurch, Die Bäume stehen voller Laub das Erdreich decket seinen Staub mit einem grünen Kleide; warum tut sie das, warum kann er nicht wegsehen? Den eigenen Augen ist er nicht gewachsen in diesen Minuten, unmöglich, sie zu schließen. Und also zeigen sie ihm einfach die Dinge; am Haar darf man die Frau reißen, zeigen sie ihm, die Beine darf man ihr verdrehen, sie krümmen, schubsen, in den Po stoßen, sich über sie werfen. Er weiß, er soll das nicht sehen, und sieht es doch, es gibt kein Zurück; wenn es wenigstens dunkel würde. Er ist fünf und kann sich nicht aus der Affäre ziehen.

Ob in anderen Zimmern das gleiche geschieht? Er muß sich das gefragt haben – entweder geschieht es überall, oder er wird verrückt. Seine Befürchtung: Es geschieht allein hier. Und die übrigen Gäste, sie merken, daß er's gesehen hat; die vielen Älteren im Hotel, die immer schon vor ihnen im Frühstücksraum sitzen, die Beigefarbenen, wie die beiden sie nennen – Nachsalzer die Männer und Scheintote die Frauen, wenn sie den Eßplatz säuberten, gar nicht anders könnten, als ihren Tisch, leise lächelnd, von Krümeln zu säubern. Anale Charaktere, sagten die beiden, und schon hatte er sich das für immer gemerkt; und diese leisen Frauen in Anoraks, ob die sich auch so biegen lassen von den Männern in Sandalen und weißen Socken? (Da fing sie an, zur Zeit der Olympischen Spiele von München, die Weißesockenära.)

Kein Frühstück ohne ein Geflüster über die Beigefarbenen; noch Jahre danach – er lebte schon lange bei *ihr* und hatte ihn, den Verschwundenen, fast vergessen – war von Männern die Rede, zu blöd, sich ihre Brötchen selbst aufzuschneiden, und von Frauen, blöd genug, dies für die Männer zu tun. Das alles laufe, hatten beide gesagt, auf eine Pietà mit Socken hinaus, auch das war hängengeblieben bei ihm – dies fremde Wort mit seinem losen A, und er hatte sich später, als er die beiden kaum noch erkannte, geradezu geklammert daran.

Er sieht, wie sie sich drehen, winden, packen, und hat dieses Wort auf den Lippen, flüstert es sich in die Hand (als wollte er, daß sie ihn hören, bis er nochmals einschlief oder auch nicht, nochmals träumte oder auch nicht: abermals das Schwarze, die Wolken, das Klaffen, darin das Kästchen oder Fenster, dahinter viel Blau, von Wasser und Himmel – alles andere müßte er erfinden. Möglich, daß da noch ein Stein war, auch ein Körper, von hinten, er wußte es nicht; vielleicht hatten die beiden ja auch bloß von solchen Träumen gesprochen, und er, Idiot, träumte oder sprach's ihnen nach. Allein für den See, der zum falschen Meer wurde, und den Tag, der zur falschen Nacht wurde, verbürgte er sich).

Schaumkronen, überall Schaumkronen, Tausende, wohin er auch sieht (war das Rollo überhaupt halb heruntergelassen?), ein weißliches Kochen. Und die beiden: verschnaufen; sie auf dem Rücken, Beine auseinander, Füße nach außen – das W beim VW-Schild –, und was er nie zuvor gesehen hat, das steht nun einfach offen, rot wie die Kiemen der gefangenen Fische. Danach, weiter unten, ein Stück Haut mit Härchen, dann ein dunkler, glatter Trichter: wie der sich zusammenzieht und wieder öffnet, ja halb geöffnet bleibt, ein kleines Loch: ist sie auch dort wie die Fische, muß sich entleeren? Bitte nicht; er ist fünf und kann schon rechnen. Zwei und zwei gibt vier. Vier und vier gibt acht. Acht und acht (und da fiel wohl eins der bösen Wörter, die ihm blieben, so wahr er hier, mit seinen doch bald dreißig Jahren, am Fenster stand, Frankfurter Ostend, und auf seine Hanauer Landstraße mit ihren abstoßenden Häusern sah, Kriegsnarben, die nicht heilten – zweimal, deutlich, genau dieses Verlangen aus ihrem Mund). Und sofort wird es ihr auch erfüllt, und seine Welt wird davon voll, er weiß nicht, wie sie das überlebt.

Und dann waren ihm die Augen doch noch zugefallen, klüger offenbar als er, jedenfalls gab es in seiner Erinnerung (an die Erinnerung von diesem Tag) einen weiteren, fast ganz im Dunkel liegenden Traum, bis auf das Fenster oder Kästchen, bis auf die Helligkeit dahinter, von der Haut zweier Körper, vielleicht auch nur eines, darin erneut das Klaffen, aber vertikal (immer wiederkehrende, zähe Bilder, als hätte er Fieber gehabt, Bilder, die er später, Anfang Zwanzig, zu malen versuchte); und da muß ihn ein Geräusch auch schon geweckt haben – er sieht etwas, das man nicht träumen kann, nicht mit fünf, und wieder diese Sorge: daß die beiden dort nur Klo spielen (übermäßig diskret erledigt hatten sie diese Sache noch nie). Er mag das nicht hören, mag es nicht sehen, doch machen Augen und

Ohren, was sie wollen, hellwach ist er nun (weit davon entfernt, daß ihm Hören und Sehen verging) und nimmt auf: wie gewollt sie sich bückt, und wie gewollt er in sie eindringt; fast senkrecht kommen seine Stöße, und die Geräusche aus ihr, sie erinnern an Frösche (die Stellung, die auch ihm später gut getan hatte, einige Male, nicht oft; viel Glück gehörte dazu, Glück zweier Menschen, damit sich die Krone, tief im anderen, reiben ließ, bis man endlich, mit ununterbrochenem Strahl, in leeren Raum spritzen konnte). Spritz, ruft sie leise (das trug er noch so in sich wie ihr zärtliches Schlaf!, wenn er nicht einschlafen wollte), und von ihm kommt ein: Noch nicht, und: Schscht, das Kind, worauf das Kind die Finger schließt; mit durchgedrückten Beinen und voller Blase liegt es da.

Wenn nur endlich ihr Blut käme, dann müßte er nicht mehr warten darauf. Wieder preßt er die Hand aufs Gesicht, und heiß wird es hinter der Hand vom eigenen Atem, er hat auch Angst zu ersticken. Und auf einmal so helles Blitzen, daß es ihn, trotz Hand, Momente lang blendet (als hätten beide Gnade walten lassen), und der Donner, Sekunden danach: weltzerschmetterndes Krachen; wie von selbst gehen seine Finger wieder auseinander. Ihr Körper jetzt von unsichtbarem Weinen geschüttelt, solange das von ihm Abstehende, wieder und wieder, in ihr verschwindet. Er sieht es ganz deutlich und versucht, Mitleid zu haben (Mitleid, das ihn sonst nur am Beginn ihrer Periode befiel, wenn sie, bleich und von Krämpfen gepeinigt, angezogen auf dem Bett lag, Krämpfen, unter denen sie noch immer, mit Ende Vierzig, litt, gekettet an diese Wurzel des Lebens, nur daß ihr Gesicht dann von großer Klarheit war, wie die Züge der Märtyrerinnen, während es damals zerfloß) – viel mehr Angst vor ihr hat er plötzlich als vor ihm: wie sie da den Mund aufreißt, die Zunge hin und her geht, ohne daß ein Laut kommt; ganz fern jetzt ihr Name, eine Lüge wie die weiße Weihnacht.

Sie hätten ihn betäuben können (denkt er sich heute noch), betäuben mit Grappa, warum eigentlich nicht, oder vorsichtig rufen können: Karl, bist du wach? Und er hätte geantwortet: Ja. Und darauf sie: Keine Angst, uns passiert nichts, was wir da tun, geht in jedem Fall gut aus. Doch sie machen nur stumm weiter (korrigierten, dachte er, vor seinen Augen die Natur). Er ist fünf, und er weiß nichts; ahnt er, daß so die Kinder entstehen? Dann hätte er sich fragen müssen, was das für ein Leben sein kann, das derart beginnt; die beiden, sie rasen – höchstens ahnt er, daß sie eben kein Kind dort machen, im Gegenteil, sie töten eins, keuchend, wimmernd, verkrallt ineinander stampfen sie's tot, wenn er doch schlafen könnte. Aber die Augen lassen ihn nicht, herrenlos und wach liegt er da. So anders sind nun die beiden, als sei er selber nie gewesen oder aufgesogen von falscher Nacht wie die Berge, wie der See. (Aber es gab ihn natürlich, er war dagelegen, Hand vorm Gesicht; was spielte es für eine Rolle, woher Erinnerung kam? Keiner dürfte ihm sagen, er habe damals etwas gesehen, das er gar nicht gesehen haben konnte.)

Erst Jahre später ein vollkommen anderer Gedanke: Die beiden hätten sich an dem Tag noch einmal geliebt; danach gab es kein nächstes Mal, bloß noch Müdigkeit und das Aus. Und deshalb hatten sie ein Recht dazu, das Recht auf Leben, und er sollte sich freuen für sie oder stolz sein; statt dessen: immer noch etwas von Panik (der Panik, sie könnten sich am Ende entleeren, samt ihrer Därme), verbunden mit dem verlorensten der verlorenen Wörter (die dann, in seiner Gegenwart, nie mehr über ihre Lippen kamen, als seien sie nur ein einziges Mal, in eben jener Stunde, angebracht gewesen), und er wollte sich, immer noch am Fenster stehend, sogar daran erinnern, wie er es hinter vorgehaltener Hand, auf die Gefahr, daß man ihn hörte, in sich hineinsprach.

Er ist fünf, und er flüstert es und sieht ein Zukken der beiden (des einen, vierbeinigen Leibes), ein Zucken wie das der überfahrenen Katze, und da kann er es nicht länger verheben, so sehr pressiert's ihm (wie es die Großeltern nannten), er schifft; und betet, sie mögen's nicht merken, die beiden. Endlos scheint es herauszulaufen, ein heißer Strom aus seinem Bauch, während drüben ein Jasagen einsetzt, immer wieder, mit jedem Ausatmen, Ja, als sollte er's nur laufen lassen, Ja und Ja, bis er mitzählt, wieder rechnet, viermal, fünfmal, sechsmal Ja, leise und klagend (wie sie auch sonst einander Klagemauern waren).

Und plötzlich hört es auf mit den Jas, und er schaut, was da los ist, und sieht es. Sie will ihn essen, es gibt keinen anderen Gedanken; er ist fünf und sieht ihren Mund: wie sie ihn über das Abstehende stülpt. So etwas geht also; das Abstehende, es hat etwas verloren in ihr. Sie verschlingt es, kneift dabei ein Auge zu, und da stellt er sich vor, sie auseinanderzunehmen, mit Messer, Hammer, Schraubenzieher, wie einen Wecker, zu sehen, was darin ist, das Geheimnis seiner Herkunft vielleicht, wie im Wecker das Geheimnis der Zeit. Und dann wieder das Wälzen und Hinbiegen und schnelle Stoßen und doch noch einmal: ihr schon heiseres Ja (eins jener Wörter seitdem, die bei Gelegenheit in ihm hochsteigen wie ein Erbrechen). Ja, Ja und Ja, bis ihr, nur gedämpft von der eigenen Faust, ein Ruf entfährt, O Gott, und von ihm, nun aufgerichtet über ihr, die Bitte: ganz stillzuhalten, sich nicht zu bewegen, nur alles zu öffnen; und sofort ihr Bemühen, dem zu entsprechen – er sieht genau, wie sie das macht: mit zwei Fingern, bevor sie tatsächlich stillhält, als von ihm nämlich kurze, wie von Stichen verursachte Laute kommen, stillhält, bis dieser Schmerz vorüber ist, sein Körper einfach herabsinkt auf ihren.

Hatte er etwas vergessen? Da waren die kleinen Weiden am See: deren Äste beugten sich, unter dem Anprall des Regens, bis auf den Kies. Und da waren ihre hellen Brüste, von ihm gedrückt, als wollte er ihr ganzes Fett für sich. Oder die leisen Befehle, die von ihr ergingen, die unerbittliche Art ihres Liebens. Die Bewegungen der schmucklosen Hände waren da, wie sie ihn nicht etwa berührten, sondern, in geringem Abstand zu seinen durchgedrückten Armen, ihm bedeuteten, sich ja noch zusammenzunehmen, etwas Bestimmtes, das ihr offenbar guttat, beizubehalten, wie ein Dompteur seinem Tier eine bestimmte Haltung befiehlt, aus der heraus es erst zu dem gewünschten Sprung ansetzt; dazu die roten Ohren, die pralle Ader am Hals, das Büschel Haare, das, als nasse Spitze, aus der Achsel stand, ihre ganze, sonst verborgene Kraft: ein geballtes Maß an Heiligem, ähnlich dem, das ihm viele Jahre danach in einem indischen Tempel die Sprache verschlug; exakt und eben darum atemberaubend war dort, ohne jede Metaphysik, auf vielen Bildern festgehalten, wie menschliches Leben entsteht, abläuft und endet – nichts anderes teilten die beiden in dieser Stunde ihm mit.

Er ist fünf und weiß vom Tod. Nun kann er nicht mehr allein sein, keinen Moment mehr allein. Wie schlafend, Körper verdreht, sieht er sie, nebeneinanderliegend, und wenn er die Finger noch weiter öffnet, sieht er den See, wie dessen Fläche unter den Wolken hervorkommt, überraschend glatt, und auf einmal ist da wieder dies Klaffen (in der Erinnerung), nur daß da jetzt Fenster auf Fenster, Kästchen auf Kästchen folgt; er sieht ein Kind mit Mütze vor den Augen, das soll er sein, und eine Frau, bekleidet nur mit einem Hut vorm Gesicht, dahinter weiße Gebilde, Wolken wahrscheinlich. Viel zu früh erwacht er wieder, dreht sich etwas: und sieht die beiden, ihr erneutes Aufeinander-Losgehen, stumm – als ende das einfach nicht, wie die als

Spaziergänge begonnenen Wege, hinter dem See gleich bergauf, für ihn nie enden wollten, fast jeden zweiten Tag – zuletzt an diesem Morgen, als der Himmel noch blau war.

Zu einem aufgegebenen, von allen Bewohnern verlassenen Dorf sind sie gegangen, weit oberhalb des Sees, er in der Mitte, von beiden gezogen (davon sprach sie noch immer, wie man da wanderte). Als gehöre es einer anderen Welt an (der hinter den Fenstern?), so finden sie das Dorf Campo in einer windgeschützten Bergbucht, steingrau vorm alten Silber der Oliven, und sie sind die einzigen dort: drei Huschende zwischen schwarzfenstrigen Häusern, inmitten von Farn, auf der bemoosten Piazza, auf verwaisten Stiegen.
Warum, fragt er, gibt es hier keine Menschen, sind sie gestorben? Nein, sagt man ihm, die seien gegangen, aus sozialen Gründen, und darüber denkt er gleich nach, was das wohl sei, soziale Gründe, ob das zu tun habe mit einem Bettrost, der herumlag? Oder der Stille in allen Gassen; oder, im weitesten Sinne, mit Gott? Natürlich könnte er die beiden fragen, doch ist es schöner, sich selbst Gedanken zu machen, Gedanken über den Bettrost, die Stille oder eine einzelne Wolke, während sie auf einer Wiese,

zwischen den Olivenbäumen, Picknick halten, Käse, Brot, Tomaten, Äpfel, dazu Milch aus der Tüte (den Wein hatten die beiden damals noch nicht entdeckt); jeder trinkt aus der Tüte, Aufnahmen werden gemacht (die lustigste, wie sich zeigen soll, leicht verwackelt, weil von seiner Hand – sie und er, nebeneinander im Gras, offenbar Streit um die Milch: in weißen Fäden läuft sie über Kinn und Hals der beiden). Später kippt die Tüte dann, die Milch fließt ein Stück die schräge Wiese hinunter, tropft über ein Mäuerchen aus groben Steinen und versickert im Boden, neben einer zerdrückten Eidechse; ein paar Tropfen sind auch auf den Kadaver gespritzt, schimmern auf der trockenen Haut. Am Schwanz (wollte er sich erinnern) hebt er die Eidechse auf, bringt sie den beiden und hört: Jemand habe sie totgetreten, da seien ja auch überall Abdrücke im Gras, von Menschen, und er weint und beerdigt das erstarrte Tier mit seinem gesprungenen Körperchen, in dem es bläulich glänzt. Dann gehen sie noch einmal durchs aufgegebene Dorf, und ihm wird ein Vortrag über Armut gehalten – wie die Armen von Campo, Olivenbauern, Tagelöhner, Hoffnungslose, nach Deutschland oder zum See hinunter ausgewandert sind, zu den Touristen, zum Geld; daß es aber auch in Frankfurt oder Köln, ja in

München, trotz Olympiade, Arme gebe, hört er – daß Campo überall sei oder, anders gesagt, man hier in Campo, auch wenn die Leute alle fort seien, die Armen, etwas über Armut lerne, und da begann dieser Urlaub schon langsam zu enden: auf einmal war da ein Gedanke nicht mehr wegzudenken: daß von den Armen doch noch einer auftauchte zwischen den grauen Häusern oder auch unten am See, ebenso grau, ein Alter in Lumpen, von herabgefallenen Oliven und Eidechsen lebend. Er hebt einen Stein auf, wirft ihn in Richtung Piazza, der Stein prallt ab, kollert, bleibt liegen, es ist wieder still. Kein Laut dringt aus den leeren Fenstern; nicht einmal Vögel hört man, nur den eigenen Atem, wie er entströmt. Und da verschwindet die Sonne, erschrocken sieht man zum Himmel: eine Wolke – die Wolke, die er längst gesehen hat. Und dort hinten erst, rufen die beiden, und dort hinten erst!

Von Riva her kommt es schwarz, ein Gebirge über dem Gebirge, der nördliche See leuchtet grün, wie von Lampen aus der Tiefe; die Blättchen der Olivenbäume zittern, obwohl noch immer kein Wind geht. Überstürzt bricht man auf, findet nicht gleich aus dem Dorf, läuft im Kreis – Wir müssen, rufen die beiden, wir müssen, und steigen, ihn geschultert, über eine

Mauer, verlassen Campo, wie die Armen; Zweige peitschen ihm den Hals, steil geht's bergab, durch Gebüsch und über Scherben, bis ein Pfad kommt, sie ihn wieder in die Mitte nehmen, schwenken, Engelchen flieg. So laufen sie bis zum Dorf Magugnano, bald schon im Regen, und erreichen, während das Schwarze herabfällt, die kleine Bar am Landungssteg.

Also, denkt er, ist nur das Wetter schuld. Schiene die Sonne noch, lägen sie jetzt nicht im Bett. Und schiene sie inzwischen wieder, ginge es jetzt nicht weiter zwischen den beiden. Er hat sich zur Wand gedreht, er kann es hören; im Tapetenmuster sieht er ihr Gesicht, auseinandergezerrt wie der Steg (dieser Ausdruck, den sie heute schon tatsächlich hatte, wenn der Schmerz des Alterns hervorbrach). Er hält das nicht aus, nur ihr Atmen zu hören, er will sie vor Schande bewahren, wie an Weihnachten oder ihren Geburtstagen, wenn die beiden sich anschwiegen, sie, am Ende, ihre Stirn gegen die Stuhlkante schlug (viel später erst erfuhr er, mit was für einer Hoffnung beide in solche Tage gegangen waren und wie wenig dazu gehört hatte, daß sie sich alles verdarben; oft gehörte nur die falsche Brotsorte dazu, und blitzartig kam es, Wichser, Futt, und danach: Geschweige – er sah das noch, wie sie alterten, binnen Minuten erbarmungswürdig erschienen, und schließlich, ohne Essen, mit ihm zu Bett gingen, um neun, und am nächsten Morgen der angebrochene Sekt auf den Küchentisch stand, d' Riesling, für ihn noch heute Tränengetränk). In kleinsten Bewegungen, als könnten die Tapetenaugen ihn sehen, dreht er den Kopf, nun wieder die Hand vorm Gesicht, Richtung Balkontür, schaut zuerst nach draußen – überdeutlich, als gäbe es Fotos davon, konnte er sich an den Anblick erinnern.

Erschöpft lag der See da, wie erschlagen. Und dunkel vom Regen, doch dreimal, schneeweiß, unterbrochen, von Kaskaden aus herabstürzendem Wasser, erhob sich drüben, hinter Wolkenfetzen, die Felswand (mit einem Kloster auf dem Grat), und er wünschte sich, erlöst zu werden, und sollte es durch ein Geschweige sein, Geschweige wegen des Betts als Abort. Aber die beiden, sie atmeten nur, während sein Blick nun hin und her sprang, von den weißen Sturzwassern auf der Wand zu den Atmenden und zurück, wieder und wieder.

Er ist fünf und will das nicht glauben: wie sie da, breit, auf ihm sitzt, den Kopf gebeugt, das Haar verwühlt, wie auf dem Klo, nur nicht so still (und gesammelt, dachte er), auf und ab geht ihr Hintern, löst sich von seinen Schenkeln mit ei-

nem Kußlaut und fällt wieder klatschend darauf. Und dann hat sie auch nicht die Augen zu,
sondern schaut ihn an, bis auch er sie anschaut
(weil sie ja damals gerade noch Liebende waren,
eh's für ihn nur noch den Zwang gab, bei sich
stehenzubleiben; oder wie sollte man das sonst
nennen, dieses Sich-davon-Machen an einem
milchigen Julisonntag, den er wohl auch noch,
in jeder Einzelheit, dem Gedächtnis würde ab-
ringen müssen?). Er ist fünf und bekommt keine
Luft, stößt ein leises A aus (über das die beiden,
tags darauf, leise sprachen), von dem Pfahl ist er
gefallen, in den See, ist unter Wasser, am Ertrinken, während sie, heftig nickend, plötzlich
lacht, er weiß nicht, warum.

Völlig verändert erscheint sie ihm nun, wahnsinnig geworden, als sie mit einemmal anhal-
tend schreit (als schriee sie an seiner Stelle), er
darf jetzt nicht die Finger schließen, singt in die
Hand hinein, Narzissus und die Tulipan die
ziehen sich viel schöner an als Salomonis Sei-
de, zweimal, dreimal singt er das, solange es an-
hält, ihr Schreien, und sieht nicht nur sie, sieht
auch das Wasser völlig verändert, braun vom
Schlamm aus den Bergen; übel nimmt er es dem
Wasser, daß es sich so hat beschmutzen lassen,
und er mag nicht mehr baden darin, er mag
überhaupt nicht mehr aufstehen. Erschlagen

wie der See liegt er im Urin und will weinen, aber es geht nicht; nur das Atmen geht jetzt wieder. Er atmet und schaut. Er atmet und schaut; nichts weiter. Die beiden, sie schlafen wohl; oder sterben sie gerade, Arme und Beine halb geöffnet? So still sind ihre fleckenübersäten Körper, so still. Nur daß es rinnt aus jedem, als rinne, fadendünn und gläsern, das Leben selbst heraus – bis dann ein Flüstern anhob, ein Flüstern über den Geruch im Zimmer, kein Schweigen.

Und später (beim Spaziergang nach dem Lieben), als er noch immer mit Schweigen rechnete, sahen sie Felsbrocken auf der Straße, groß wie die Stegabreißer, und die Beigefarbenen aus dem Hotel sagten, ganz in der Nähe habe es einen Unfall gegeben mit einem toten Pärchen, im Wagen zerdrückt; Splitter von Glas und kleine Blechteile lagen noch nach Tagen am Rande der Fahrbahn, funkelten in der Sonne, die wieder schien, und einen dieser Splitter, von der Rückleuchte, dem Katzenauge, hatte er kurz vor der Abreise heimlich aufgehoben, eingesteckt und dann, auf der ewigen Rückfahrt, erneut das Klaffen gesehen, nun aber nicht die dunklen Wolken, nun in einem hellen Körper. Ihrem.

Ganz deutlich sprach er dieses Ihrem vor sich hin, erschrocken über die eigene Stimme, der er nicht befohlen hatte, sich zu erheben, ein Schrecken ähnlich dem, wenn einem jemand von hinten die Augen zuhält, man gleich weiß, daß es gut gemeint ist, und doch nichts sieht – kraftvoll, weich und warm hatte eine Hand am wahren Ende dieses nächtlichen Tags seine Augen bedeckt, die Hand von ihr oder ihm, er würde es wohl nie erfahren, und ihn doch, noch einmal, beschützt.

(1995)

Inhalt

Bodo Kirchhoff
im Suhrkamp Verlag

Der Ansager einer Stripteasenummer
gibt nicht auf
64 Seiten. Bütten-Broschur

Dame und Schwein
Geschichten
129 Seiten. Broschur

Die Einsamkeit der Haut
Prosa
100 Seiten. Engl. Broschur

Gegen die Laufrichtung
Novelle
st 2467. 84 Seiten

Herrenmenschlichkeit
67 Seiten. Broschur

Infanta
Roman
st 1872. 502 Seiten

Katastrophen mit Seeblick
st 3123. 150 Seiten

Legenden um den eigenen Körper
Frankfurter Vorlesungen. Mit Abbildungen
es 1944. 182 Seiten

Mexikanische Novelle
st 2964. 175 Seiten

Ohne Eifer, ohne Zorn
Novelle
99 Seiten. Broschur

Der Sandmann
Roman
st 2330. 216 Seiten

Wer sich liebt
99 Seiten. Engl. Broschur

Zwiefalten
Roman
st 1225. 307 Seiten

Bodo Kirchhoff/Romuald Karmakar
Manila. Ein Filmbuch
Mit Fotos von Baernd Fraatz,
Sonja Ketterle, Yvonne Kranz, Jan Rickers
und Gordon Timpen
st 3160. 144 Seiten

»Männerbilder«
im suhrkamp taschenbuch

NF 207/1/4.00

Peter Handke
Die Angst des Tormanns beim Elfmeter
st 27. 128 Seiten

Hermann Hesse
Narziß und Goldmund
Erzählung
st 274. 336 Seiten

»Männerbilder«
in der edition suhrkamp

Norbert Gstrein
Einer
Erzählung
es 1483. 118 Seiten

Uwe Johnson
Das dritte Buch
über Achim
es 1819. 304 Seiten

NF 207/2/4.00